알쏭달쏭 재미있는
수수께끼

지혜의 샘 시리즈 ㉝

알쏭달쏭 재미있는
수수께끼

초판 1쇄 발행 | 2010년 05월 10일
초판 14쇄 발행 | 2024년 08월 10일

엮은이 | 전치수

발행인 | 김선희 · 대 표 | 김종대
펴낸곳 | 도서출판 매월당
책임편집 | 박옥훈 · 디자인 | 윤정선 · 마케터 | 양진철 · 김용준

등록번호 | 388-2006-000018호
등록일 | 2005년 4월 7일
주소 | 경기도 부천시 소사구 중동로 71번길 39, 109동 1601호
(송내동, 뉴서울아파트)
전화 | 032-666-1130 · 팩스 | 032-215-1130

ISBN 978-89-91702-86-8 (03810)

· 책값은 뒤표지에 있습니다.
· 잘못된 책은 바꿔드립니다.

지혜의 샘 시리즈 ③

알쏭달쏭 재미있는
수수께끼

전치수 엮음

매월당
MAEWOLDANG

알쏭달쏭 재미있는 수수께끼

수수께끼란 '어떤 사물을 빗대어서 말하여 그 사물의 뜻이나 이름을 알아맞히는 놀이'를 일컫는다. 그래서 실제의 답은 평범하지만, 문제가 의외이거나 기발할 뿐만 아니라 상징적인 특징만을 말함으로써, 문제를 푸는 사람은 답을 구하고자 노력하는 사이에 사고력이나 판단력이 많이 향상된다.

또한 수수께끼는 반드시 문제를 내는 사람과 푸는 사람이 함께 참여해야 하며, 문제와 답이 아주 간단하여 기억하기가 쉽고 전달과 보급이 매우 용이하다. 그리고 수수께끼는 개인의 창작이 아니며 어떤 사물에 대하여 완곡하게 표현하는데, 이때 문제를 푸는 사람의 지적 상상력을 계발시키기 위하여 의도적으로 애매한 용어들을 사용한다. 그래서 암시가 될 만

한 점은 슬쩍 피하여 듣는 사람으로 하여금 관심을 다른 곳으로 돌릴 수 있도록 하는 것이다.

또 수수께끼는 하나의 물음에 대하여 하나의 답만이 성립될 수 있어야 하지, 여러 개의 답이 가능한 것이라면 훌륭한 수수께끼가 못 된다. 그렇다고 하여 하나의 사물에 대해 하나의 수수께끼만이 성립될 수 있다는 것은 아니다. 하나의 사물에 대한 은유는 얼마든지 존재할 수 있듯이, 하나의 사물에 대한 수수께끼도 가능하기 때문이다.

《삼국유사》에는 몇몇 수수께끼의 자료들이 수록되어 우리나라 수수께끼의 옛 모습을 짐작하게 해준다.

지금까지 대부분의 사람들은 수수께끼를 어린이들의 전유물로 생각해 왔다. 그러나 수수께끼는 남녀노소 모두가 한데 어우러져 그 속에 담긴 웃음 가득한 유머와 재치를 함께 나누기에 부족함이 없다. 더불어 서로간의 돈독한 정을 나누는 시간이 되길 바란다.

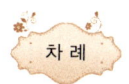

차 례

① 가기만 하고 돌아오지 않는 것은?

② 가까우면 안 보이고 멀어야 보이는 것은?

③ 가깝고도 먼 사이는?

④ 가난한 데도 부잣집이라고 불리는 집은?

정답

1. 세월 2. 아지랑이 3. 눈과 눈 사이
4. 아버지와 아들이 사는 집(父子, 부자)

① 가는 대로 따라오는 것은?

② 가는 몸뚱이에 귀 하나 있는 것은?

③ 가는 방향도 모른 채 끝없는 가는 것은?

④ 가도 가도 오 리 간다고 하는 것은?

⑤ 가도 붙들지 못하는 것은?

⑥ 가로 줄과 세로 줄 사이에서 서로 싸우는 것은?

⑦ 가리면 보이고 걷으면 안 보이는 것은?

 정답
1. 그림자 2. 바늘 3. 세월, 시간 4. 오리 5. 세월 6. 장기
7. 안경

1 가마는 가마인데 탈 수 없는 가마는?

2 가만히 있는데 잘 돈다고 하는 것은?

3 가만히 있어도 붙잡지 못하는 것은?

4 가면 갈수록 늘어나는 것은?

5 가면 좋은 사람은?

6 가슴의 무게는 몇 근일까?

7 가시 돋친 방 안에 앉아 있는 맛있는 대머리는?

정답

1. 쌀가마 2. 머리 3. 그림자 4. 주름살, 나이 5. 가면장사
6. 4근(두근두근) 7. 먹는 밤

1. 가운데에 구멍이 뻥 뚫렸는데도 물에 가라앉지 않는 것은?

2. 가을 들판에 팔 들고 벌서고 있는 것은?

3. 가위는 가위인데 못 자르는 가위는?

4. 가위 하나로 우리나라 사람이 모두 함께 쓰는 것은?

5. 가장 귀한 것인데도 아주 흔한 것은?

6. 가장 더러운 강은?

 정답 1. 튜브 2. 허수아비 3. 팔월 한가위 4. 팔월 한가위
5. 공기 6. 요강

① 가장 먹고살기 어려운 사람은?

② 가장 무서운 놀이판은?

③ 가장 빨리 달리는 벌레는?

④ 가장 화끈하게 일하는 직업은?

⑤ 가죽을 먼저 벗기고 털을 뽑는 것은?

⑥ 가지도 없고 잎사귀도 없는 큰 줄기에 빨간 꽃 한 송이 핀 것은?

⑦ 가짜 꿀을 만들 때 가장 많이 들어가는 재료는?

 정답

- -

1. 위장병 환자 2. 이판사판 3. 바퀴벌레 4. 소방관
5. 옥수수 6. 촛불 7. 진짜 꿀

1 각은 각인데 모서리가 없는 것은?

2 간사한 사람이 가지고 있는 양은?

3 간장은 간장인데 먹을 수 없는 간장은?

4 갈 때는 못 가고 안 갈 때는 가는 것은?

5 갈 때는 빈속으로 가서 가득 채워가지고 오는 것은?

6 갈 때도 갈 때, 올 때도 갈 때인 것은?

7 갈수록 멀어지는 것은?

 정답
1. 생각 2. 아양 3. 애간장 4 건널목, 횡단보도 5. 두레박
6. 갈대 7. 떠나온 길

13

① 감으면 보이고 뜨면 보이지 않는 것은?

② 감은 감인데 못 먹는 감은?

③ 갑돌이와 갑순이가 결혼하지 못하는 이유는?

④ 갓은 갓인데 머리에 쓰지 못하는 갓은?

⑤ 강은 강인데 사람이 먹는 강은?

⑥ 강은 강인데 흐르지 않는 강은?

⑦ 강한 것은 먼저 없어지고 연한 것은 나중까지 남는 것은?

정답

1. 꿈 2. 영감, 대감, 옷감 3. 동성동본이기 때문에 4. 쑥갓
5. 생강 6. 요강 7. 잇몸

14

1. 개그맨들이 소재를 찾아 헤매는 거리는?

2. 개가 천 원짜리를 물고 절로 가는 것은?

3. 개는 개인데 평생 움직이지 않는 개는?

4. 개면(닫으면) 지팡이, 펴면(열면) 지붕이 되는 것은?

5. '개 조심'이라고 써 붙인 집을 좋아서 찾아다니는 사람은?

6. 개 중에서 가장 빠른 개는?

 정답　1. 웃음거리　2. 개천절　3. 산고개　4. 우산　5. 개 도둑
6. 번개

① 개 중에서 가장 아름다운 개는?

② 개 중에 가장 큰 개는?

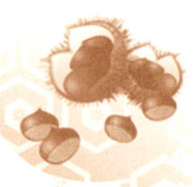

③ 거꾸로 매달려 자라는 것은?

④ 거꾸로 매달린 집에 문이 수도 없이 많은 것은?

⑤ 거꾸로 걸어 다니는 것은?

⑥ 거꾸로 서면 3분의 1을 손해 보는 숫자는?

⑦ 거꾸로 서서 일하는 것은?

 정답   1. 무지개 2. 안개 3. 고드름 4. 벌집 5. 붓 6. 9 7. 붓

1 거지가 가장 싫어하는 색은?

2 거지가 가장 좋아하는 욕은?

3 거지가 새빨간 말을 타고 가는 것은?

4 거지가 없는 동네는?

5 걱정이 많은 사람이 오르는 산은?

6 건강한 사람이 사는 동네는?

7 건망증이 심한 사람들이 올라가는 산은?

정답

1. 인색   2. 빌어먹을   3. 새빨간 거짓말   4. 신사동   5. 태산
6. 약수동   7. 아차산

① 걸어가면서 길에 도장을 찍는 것은?

② 걸어가면서 빈대떡 부치는 것은?

③ 검은 개가 백사장을 다니면서 검은 똥을 누는 것은?

④ 검은 것이 처음에는 붉은 옷을 입었다가 나중에는 흰 옷으로 갈아입는 것은?

⑤ 검은 돌과 흰 돌이 만나기만 하면 서로 싸우는 것은?

정답   1. 지팡이 2. 쇠똥 3. 붓글씨 4. 연탄 5. 바둑

1 검은 들에 금가루가 뿌려져 있지만 쓸어 담을 수 없는 것은?

2 검은 물똥을 싸는 것은?

3 검은 입을 벌리고 붉은 밥을 먹는 것은?

4 겁쟁이들이 들고 다니는 돌 열 개는?

5 겉은 고체인데 속은 액체인 것은?

6 겉은 보름달이고 속은 반달인 것은?

7 겨울에 많이 쓰는 끈은?

정답

1. 별 2. 만년필 3. 아궁이 4. 오돌오돌 5. 날달걀
6. 귤 7. 따끈따끈

1 겨울에는 옷 벗고 여름에는 옷 입는 것은?

2 경찰서가 가장 많이 불에 탄 나라는?

3 계를 하던 사람들이 계가 깨지자마자 시작하는 계는?

4 계절과는 상관없이 사철 피는 꽃은?

5 고개 너머 낭떠러지는?

6 고기는 고기인데 뼈도 가시도 없는 것은?

7 고기 먹을 때마다 따라오는 개는?

 정답

1. 나무 2. 불란서 3. 핑계 4. 웃음꽃 5. 목구멍
6. 붕어빵 7. 이쑤시개

20

1 고기 없는 강은?

2 고래가 몇 마리 모일 때 가장 시끄러울까?

3 고슴도치가 동굴 속에 들어가서 거품 목욕하는 것은?

4 고양이를 무서워하지 않는 쥐는?

5 고체를 쪼개면 액체인데, 그 액체에 열을 가하면 다시 고체로 변하는 것은?

6 고추장이나 된장이 잘못 담가지면 뭐가 될까?

 정답   1. 요강 2. 두 마리(고래고래) 3. 양치질 4. 박쥐 5. 달걀
6. 젠장

1 곤충을 3등분하면 어떻게 될까?

2 공기만 먹어도 살이 찌는 것은?

3 공부해서 남 주는 사람은?

4 공은 공인데 가지고 놀 수 없는 공은?

5 공은 공인데 건축가가 제일 좋아하는 공은?

6 공은 공인데 사람들이 제일 좋아하는 공은?

7 공중에 그물만 쳐 놓고 먹고사는 것은?

정답

1. 죽는다 2. 풍선 3. 선생님 4. 뱃사공 5. 준공 6. 성공
7. 거미

1 과거가 있어서 성공한 사람은?

2 교회에 다니는 사람이 싫어하는 곤충은?

3 교회에 다니는 사람이 외워서는 안 되는 구구단은?

4 구리는 구리인데 쓸모없는 구리는?

5 구리는 구리인데 소리를 내는 구리는?

6 9자 네 개로 100을 만들려면?

7 군함하고 바둑돌 중 어느 것이 더 무거울까?

 정답

1. 과거 급제한 사람 2. 사마귀 3. 이단 4. 멍텅구리
5. 딱따구리 6. 99+9/9
7. 바둑돌(군함은 물에 뜨고 바둑돌은 가라앉으니까)

1 굴속에 흰 고드름이 들락날락하는 것은?

2 굴속에 들어가서 흙을 파내는 주걱은?

3 굴속에 흰 바위가 32개 있는 것은?

4 굴은 굴인데 못 먹는 굴은?

5 굶는 사람이 많은 나라는?

6 굽히면 한 뼘, 펴면 반 뼘이 되는 것은?

7 궁둥이 그을리고 밥 얻어먹지 못하는 것은?

정답

1. 콧물 2. 귀이개 3. 입속의 이 4. 동굴 5. 헝가리
6. 무릎, 팔꿈치(굽히면 늘어나고 펴면 쭈글거려서) 7. 솥단지

1 궁색한 사람들이 찾는 책은?

2 권투선수들이 계산하는 방법은?

3 귀는 귀인데 걸어 다니는 귀는?

4 귀는 귀인데 발 달린 귀는?

5 귀로 들어가서 입으로 나오는 것은?

6 귀에 걸치는 다리는?

7 귀에 실을 걸치고 일하는 것은?

 정답   1. 궁여지책   2. 주먹구구   3. 당나귀   4. 당나귀   5. 말
6. 안경다리   7. 바늘

1. 귀한 것보다 흔한 것이 좋은 것은?

2. 그네를 쉬지 않고 타는 것은?

3. 그림을 그리려 해도 그릴 수 없는 것은?

4. 근심 있는 사람 얼굴에 찌는 살은?

5. 글씨를 쓸 줄은 알지만 읽을 줄은 모르는 것은?

6. 금단지와 은단지를 한 개씩 지니고 있는 것은?

7. 금 중에 먹는 금은?

 정답

1. 인심 2. 시계추 3. 소리 4. 주름살 5. 연필 6. 달걀
7. 소금, 능금

26

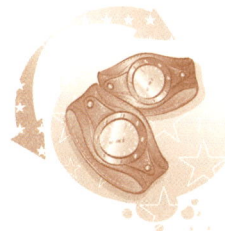

1 급할 때 찾는 실은?

2 급해야 만들 수 있는 떡은?

3 기둥 없는 다리는?

4 기둥 열 개에 기와지붕을 얹고 있는 것은?

5 기둥 하나에 가지가 열둘, 잎사귀가 365개인 것은?

6 기둥 하나에 귀 하나 달린 것은?

7 기둥 하나에 방이 두 개 있는 것은?

 정답 ···· 1. 화장실 2. 헐레벌떡 3. 징검다리 4. 게 5. 1년 6. 바늘
7. 콧구멍

27

1 기둥 하나에 지은 집은?

2 기름을 먹고 사는 소는?

3 기쁠 때나 슬플 때 나오는 것은?

4 기어 다니는 제비는?

5 기어 다니는 팽이는?

6 기웃거리면 혼나는 집은?

7 기술자도 고칠 수 없는 집은?

1. 기차가 출발하기 전에는 붙어 있다가 지나간 후에 벌어지는 것은?

2. 긴 동굴 속에 들어갔다 나오면 아주 커지는 것은?

3. 긴 복도를 달려가는데도 발자국을 남기지 않는 대머리는?

4. 긴 줄에 매달려 춤추는 것은?

5. 길거리에서 시주를 받는 스님들을 무슨 중이라고 할까?

6. 길면 짧아지고 짧으면 길어지는 것은?

 정답

1. 지퍼 2. 튀밥 3. 볼링공 4. 빨래 5. 영업중
6. 낮과 밤의 길이

1 길은 길인데 한 번 가면 돌아올 수 없는 길은?

2 길이 있어야만 갈 수 있고, 길이 있어도 갈 수 없는 것은?

3 김과 김밥이 길을 걷는데 비가 오고 있었다. 김밥은 비에 풀어질까 봐서 열심히 뛰어왔지만 김은 느긋하게 걸어오고 있었다. 왜 그럴까?

4 김이 가장 많이 나는 곳은?

5 깊고 깊은 골짜기에서 피리 불며 나오는 것은?

6 깊은 산속에 길 하나 나 있는 것은?

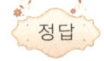 정답   1. 저승길 2. 기차 3. 양반김이라서 4. 목욕탕 5. 방귀
6. 가르마

1 까만 것을 칠해야 깨끗해지는 것은?

2 깎으면 깎을수록 커지는 것은?

3 깜박이 아래 홀쩍이, 홀쩍이 아래 찝쩝이는?

4 깎을수록 길어지는 것은?

5 깔지 못하는 자리는?

6 깜깜해야 잘 보이는 것은?

7 깨뜨려야 쓸 수 있는 것은?

정답
1. 검정 구두 2. 구멍 3. 얼굴 4. 연필심 5. 꿈자리 6. 꿈
7. 달걀

1 깨면 깰수록 칭찬을 받는 것은?

2 껍데기를 먼저 벗기고 나서 털을 뜯는 것은?

3 꼬리로 걸어 다니는 것은?

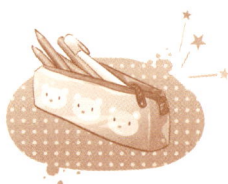

4 꼬리의 힘으로 가는 것은?

5 꼭 밥을 먹은 후에 찾아오는 거지는?

6 꼭 씹어서 먹어야 하는 물은?

7 꼭 얼음이 얼어야 찧는 방아는?

정답   1. 신기록 2. 옥수수 3. 붓 4. 올챙이 5. 설거지 6. 나물
7. 엉덩방아

① 꼿꼿이 서서 눈물만 흘리는 것은?

② 꽃만 먹고 사는 것은?

③ 꽃이 피면 죽을 때까지 눈물만 흘리는 것은?

④ 꽃 중에서 가장 나이가 많은 꽃은?

⑤ 꽃 한 송이가 방 안에 가득한 것은?

⑥ 끊어도 끊어도 끊어지지 않는 것은?

⑦ 끊지 않았는데도 끊었다고 하는 것은?

 정답　1. 촛불　2. 꽃병　3. 촛불　4. 백합　5. 촛불, 등잔불　6. 물
7. 차표

1 끓는 물에 목욕하고, 찬물에 목욕하고, 갈대밭에 누운 것은?

2 끓여도 차다고 하는 것은?

3 끝없이 올라가지만 내려오지는 못하는 것은?

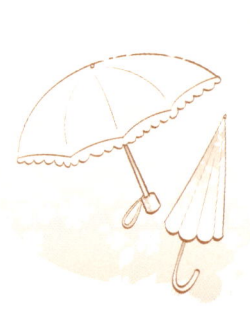

정답   1. 메밀국수 2. 마시는 차 3. 나이

1. 나갈 때는 가볍고 들어올 때는 무거운 것은?

2. 나갈 때는 홀쭉하고 들어올 때는 뚱뚱한 것은?

3. 나면서부터 늙은 것은?

4. 나무 기둥 속의 검은 심은?

 정답   1. 물동이 2. 쌀자루 3. 할미꽃 4. 연필심

① 나무가 둘 있으면 수풀(林)인데, 다섯이 있으면?

② 나무가 옥에 갇혀 있는 한자는?

③ 나무를 먹으면 살고 물을 먹으면 죽는 것은?

④ 나무와 나무가 키 자랑하는 한자는?

⑤ 나무 위에 올라서서 멀리 바라보는 한자는?

⑥ 나무 위에서 빨간 이를 드러내고 웃는 것은?

⑦ 나무 중에서 가장 비싼 나무는?

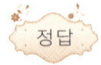 정답

1. 삼림(森林) 2. 곤할 곤(困) 자 3. 장작불 4. 수풀 림(林)
5. 친할 친(親=立+木+見) 6. 석류 7. 은행나무

① 나비는 나비인데 날지 못하는 나비는?

② 나쁜 일을 하면 나타나는 곤충은?

③ 나오면서 따귀를 때리는 것은?

④ 나오자마자 꽃이 피는 것은?

⑤ 나올 때는 입으로 나오고 들어갈 때는 귀로 들어가는 것은?

⑥ 나의 울음으로 시작해서 남의 울음으로 끝나는 것은?

① 나이를 먹을수록 늘어나는 살은?

② 나이를 먹을수록 키가 작아지는 것은?

③ 나폴레옹의 묘 이름은?

④ 날개가 없어도 잘 날아가는 것은?

⑤ 날개는 있지만 새는 아니고, 빙글빙글 돌지만
레코드판이 아닌 것은?

⑥ 날마다 가슴에 흑심을 품고 있는 것은?

⑦ 날마다 그네만 뛰는 것은?

 정답

1. 주름살 2. 촛불 3. 불가능 4. 연기 5. 선풍기 6. 연필
7. 시계의 추

1 날마다 길가에 서서 눈을 깜빡이는 것은?

2 날마다 떼돈을 버는 사람은?

3 날마다 먹고 자고 노는 것은?

4 날마다 자장가만 부르는 나무는?

5 날마다 제사만 지내는 동네는?

6 날마다 하루 종일 두 손으로 얼굴을 만지는 것은?

7 날마다 푸른 손을 흔들며 춤추는 것은?

 정답
1. 신호등 2. 목욕탕 주인 3. 돼지 4. 자작나무 5. 사당동
6. 시계 7. 나무

1 날씨가 따뜻해지면 여기저기에서 죽이는 불은?

2 날아다니는 개는?

3 날아다니는 꼬리는?

4 날아다니는 불은?

5 날지 못하는 제비는?

6 남대문을 영어로 하면 뭘까?

7 남에게 먹여야만 맛있는 탕은?

정답   1. 연탄불, 장작불, 보일러불   2. 솔개   3. 꾀꼬리   4. 반딧불
5. 족제비   6. 지퍼   7. 골탕

1 남에게 아무리 나누어 주어도 줄어들지 않는 것은?

2 남을 때리는 직업을 가진 것은?

3 남의 구두만 내려다보는 사람은?

4 남의 눈으로 먹고사는 사람은?

5 남의 물건을 자기 물건 보듯 하는 사람은?

6 남의 비밀을 모두 간직하고 있는 것은?

7 남의 이름을 반대로 쓰는 사람은?

 정답

1. 지식 2. 망치, 파리채 3. 구두닦이 4. 안과의사 5. 도둑
6. 우체통 7. 도장 파는 사람

1 남이 버리는 것만 받아먹고 사는 것은?

2 남이 울 때 웃는 사람은?

3 남자가 여자에게 이기기 힘든 씨름은?

4 남자들이 특히 좋아하는 병은?

5 남쪽에서도 북쪽에서도 올라간다고 하는 곳은?

6 남편들이 싫어하는 바람은?

7 낫 놓고 기역자도 모르는 사람은?

 정답

1. 쓰레기통 2. 장의사 3. 입씨름 4. 술병 5. 서울
6. 치맛바람 7. 외국인 관광객

1 낭떠러지에 매달린 사람의 발아래에 있는 네 가지 똥은?

2 낮에는 가능한데 밤이 되면 불가능한 것은?

3 낮에는 낮아지고 밤에는 높아지는 것은?

4 낮에는 눈을 꼭 감았다가 밤엔 초롱초롱 눈을 뜨는 것은?

5 낮에는 바위였다가 밤에는 마당이 되는 것은?

6 낮에는 살고 밤에는 죽는 것은?

정답

---
1. 죽을똥, 살똥, 떨어질똥, 말똥 2. 낮잠 3. 천장 4. 별
5. 이불 6. 태양, 해

① 낮에는 숨고 밤에는 나오는 것은?

② 낮에는 열 냥, 밤에는 닷 냥인 것은?

③ 낮에는 올라가고 밤에는 내려오는 것은?

④ 낮에는 일하고 밤에는 죄인처럼 매달려 꼼짝 못 하는 것은?

⑤ 낮에는 쥐가 되고 밤에는 새가 되는 것은?

⑥ 낮에만 가는 시계는?

⑦ 낮에만 할 수 있는 것은?

1 낮에 보아도 밤인 것은?

2 낮이나 밤이나 제 얼굴만 쓰다듬는 것은?

3 내가 웃으면 따라 웃고 화를 내면 따라서 화를 내는 것은?

4 내 것인데 남이 더 많이 쓰는 것은?

5 내 것이지만 나보다 남에게 필요한 것은?

6 내려가기만 하고 올라오지는 못하는 것은?

7 내려갈 때는 가볍고, 올라올 때는 무거운 것은?

정답

1. 먹는 밤 2. 시계 3. 거울 4. 이름 5. 명함
6. 폭포, 강물, 냇물 7. 두레박, 숟가락

① 내 방, 화장실, 부엌, 컴퓨터 안에 있는 것은?

② 내용은 별로 없는데 등장인물만 많은 책은?

③ 너무 많이 웃어서 나는 병은?

④ 넓은 바다가 좁다고 웅크리고 자는 것은?

⑤ 넓은 벌판 가운데에 물 없는 옹달샘은?

⑥ 네거리에서 춤추며 서 있는 사람은?

⑦ 네모난 것이 온 세상을 잘도 돌아다니는 것은?

 정답

1. 휴지통 2. 전화번호부 3. 요절복통 4. 새우 5. 배꼽
6. 교통경찰 7. 지폐(돈)

① 네 발을 가지고도 스스로 걷지 못하는 것은?

② 네 쌍둥이를 집어던지며 노는 것은?

③ 넷은 다섯으로, 다섯은 넷으로 이루어진 한자는?

④ 노란 옷 속에 조각달 하나 떠 있는 것은?

⑤ '노루가 다니는 길'을 영어로 하면 뭘까?

⑥ 노 서방이 왕 서방을 꽉 붙들어 맨 것은?

⑦ 노처녀가 끌고 싶어 하는 차는?

 정답

1. 책상, 의자 2. 윷놀이 3. 넉 사(四: 5획), 다섯 오(五: 4획)

4. 바나나 5. 노르웨이 6. 돗자리(왕골을 노끈으로 매서)

7. 유모차

1 노총각이 가장 좋아하는 감은?

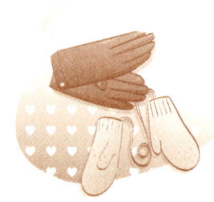

2 녹색 주머니에 은돈 든 것은?

3 놀부가 가장 좋아하는 술은?

4 농촌 어디에서나 해마다 하는 내기는?

5 높은 곳으로 떨어지는 것은?

6 누구나 가면 쓰러지는 절은?

7 누구나 발을 벗고 나설 수밖에 없는 일은?

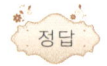 정답 ···
　　　　　　1. 색싯감 2. 고추 3. 심술 4. 모내기 5. 경매 물건
　　　　　　6. 기절 7. 발 씻는 일

48

① 누구나 즐겁게 웃으면서 읽는 글은?

② 누구든지 노력하면 얻을 수 있는 금은?

③ 누구에게 물어봐도 개성이 분명한 성씨는?

④ 누구에게나 벗으라고 명령하는 것은?

⑤ 누르면 사람이 나오는 것은?

⑥ 누워서 일하는 것은?

⑦ 눈 깜짝할 사이에 할 수 있는 것은?

 정답 1. 싱글벙글 2. 저금 3. 견(犬) 씨 4. 버섯 5. 초인종
6. 베개 7. 윙크

1 눈 뜨고 자는 것은?

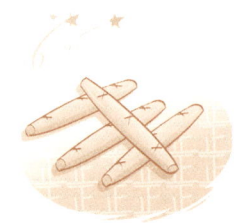

2 눈물 없이 우는 것은?

3 눈물 흘리며 고개 숙이는 것은?

4 눈사람의 반대말은?

5 눈앞에 있는데도 볼 수 없는 것은?

6 눈앞을 가로막고 있는데도 더 잘 보이는 것은?

7 눈에는 안 보이지만 마디가 있는 것은?

정답   1. 금붕어 2. 새 3. 수도꼭지 4. 일어선 사람 5. 눈썹
6. 안경 7. 노래, 악보

1 눈에는 안 보이지만 모두가 가지고 싶어 하는 것은?

2 눈으로 보지 않고 입으로 보는 것은?

3 눈으로 볼 수도 없고 손으로 만질 수도 없는 것은?

4 눈은 눈인데 볼 수 없는 눈은?

5 눈을 감으면 보이고 눈을 뜨면 보지 못하는 것은?

6 눈이 녹으면 무엇이 올까?

 정답   1. 행복   2. 음식의 맛   3. 사람의 마음   4. 쌀눈, 티눈   5. 꿈
6. 봄

1 눈이 좋은 사람에게는 안 보이고 눈이 나쁜 사람에게 잘 보이는 것은?

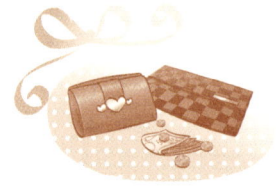

2 눈 중에 제일 큰 눈은?

3 뉘우칠 때 먹는 과일은?

4 느리게 내려왔다가 빠르게 올라가는 것은?

5 늘 둥근데, 길어졌다 짧아졌다 하는 것은?

6 늘 매만 맞고 사는 것은?

7 늙어갈수록 정열적인 것은?

정답   1. 안경 2. 눈[雪] 3. 사과 4. 콧물 5. 해 6. 팽이 7. 고추

1 늙어도 푸르른 것은?

2 늙으나 젊으나 등이 굽은 것은?

3 늙으면 머리 숙여 절하는 것은?

4 늙으면 발가벗고 뛰쳐나오는 것은?

5 늙을수록 무거운 것은?

6 늙을수록 예뻐지는 것은?

7 늙을수록 젊어지는 것은?

 정답

1. 대나무, 소나무 2. 새우, 할미꽃 3. 벼, 수수 4. 콩
5. 노인의 다리 6. 고추, 감 7. 사진 속의 사람

ㄷ

1. 다닐 때 배밀이하며 다니는 것은?

2. 다른 것은 다 비추어도 자기 발은 못 비추는 것은?

3. 다른 사람들보다 손이 하나 더 있는 사람은?

4. 다리가 없는데 날마다 세상 구경 다니는 것은?

정답   1. 뱀 2. 등잔불 3. 삼손 4. 해와 달

① 다리 둘에 갈비뼈만 있는 것은?

② 다리는 네 개인데 발은 두 개인 것은?

③ 다리는 없는데 항상 하늘에 올라가 있는 것은?

④ 다리는 있으나, 발이 없는 것은?

⑤ 다리는 하나인데 머리털이 수없이 많은 것은?

⑥ 다리도 없는데 잘도 뛰는 것은?

⑦ 다리도 없는데 하늘로 올라가는 것은?

 정답

----

1. 사다리 2. 밥상(네 다리를 연결해 놓은 발이 두 개라서)
3. 해, 달, 별 4. 바지 5. 먼지떨이 6. 물가 7. 로켓

1 다리도 없으면서 순식간에 천리를 가는 것은?

2 다리로 올라가서 엉덩이로 내려오는 것은?

3 다리만 잡으면 방아 찧는 것은?

4 다리 하나로 외길을 다니는 것은?

5 다리 하나에 눈 세 개인 것은?

6 다섯 개와 두 개가 싸웠는데 두 개가 이기는 것은?

7 다섯 놈이 달려들어 흰 할아버지를 내쫓는 것은?

 정답

1. 전기, 전화 2. 미끄럼틀 3. 방아깨비 4. 악보 5. 신호등
6. 가위바위보 7. 코푸는 것

1. 다섯 놈이 들어갈 때 또 다른 다섯 놈이 잡아당기는 것은?

2. 다섯 놈이 들어갈 때 열 놈이 잡아당기는 것은?

3. 다섯 다발의 짚과 일곱 다발의 짚을 한데 묶으면 몇 다발이 될까?

4. 다섯에서 하나를 먹으니 여섯이 되는 것은?

5. 다섯 형제가 톱 하나씩 들고 있는 것은?

6. 다 자랐는데도 계속 자라라고 하는 것은?

 정답 1. 장갑 끼기 2. 양말 신기 3. 한 다발 4. 나이
5. 손가락, 발가락 6. 자라

① 다홍 주머니에 금화 백 냥은?

② 닦을수록 더러워지는 것은?

③ 단골 없는 사업가는?

④ 단칸방에 동자승들이 머리를 가지런히 하고 누워 있는 것은?

⑤ 단단한 돌집 속에 살면서 큰 입 하나 가진 것은?

⑥ 닫으면 네모, 열면 여덟 개의 모서리가 생기는 것은?

정답   1. 고추 2. 걸레 3. 장의사 4. 성냥갑 5. 조개 6. 문

58

1. '달걀 판 돈'을 영어로 하면 뭘까?

2. 달고 짜고 쓴 것은?

3. 달과 물 사이에 불을 피운 것은?

4. 달리면 안 넘어지고 서면 넘어지는 것은?

5. 달리지 않으면 날지 못하는 것은?

6. 닭은 닭인데 못 먹는 닭은?

7. 닭의 나이는?

정답

1. 에그머니 2. 문 - 문을 달고, 짜고(만들고), 쓴다(여닫는다)
3. 화요일(월요일과 수요일 사이) 4. 두발(외발) 자전거
5. 비행기 6. 까닭 7. 81살 - 닭을 부를 때 '구구(9×9)' 하
고 부르니까

1 닭이 먼저 생겼을까, 달걀이 먼저 생겼을까?

2 닭이 열 받으면 어떻게 될까?

3 담 밑에 우산 들고 있는 것은?

4 담은 담인데 듣기 좋고 하기 좋은 담은?

5 담은 담인데 사람들을 웃기는 담은?

6 담은 담인데 사람들이 무서워하는 담은?

7 담은 담인데 사람들이 싫어하는 담은?

 정답

1. 닭('닭의 알'이란 말이 줄어서 달걀이 되었으므로)
2. 프라이드치킨 3. 버섯 4. 덕담 5. 농담, 만담 6. 괴담
7. 악담

1 담은 담인데 여자들이 좋아하는 담은?

2 담은 담인데 군인들이 좋아하는 담은?

3 담은 담인데 허풍쟁이들이 좋아하는 담은?

4 당기면 당길수록 줄어드는 것은?

5 '당신은 시골에 삽니다.'를 세 글자로 줄이면?

6 대가리는 대가리인데 입도 없고 눈도 없는 대가리는?

7 대는 대인데 출출할 때 생각나는 대는?

정답

1. 잡담 2. 무용담 3. 장담 4. 두루마리 휴지 5. 유인촌
6. 콩나물 대가리 7. 순대

1 대는 대인데 죽어 있는 대는?

2 대대로 꼽추인 것은?

3 대밭에서 족제비가 나와서 할 말을 다 하는 것은?

4 더워도(뜨거워도) 차다고 하는 것은?

5 더러워질수록 얻어맞고 비틀리는 것은?

6 더우면 짧아지고 추우면 길어지는 것은?

7 더운 것을 가장 싫어하는 것은?

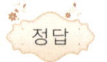

정답   1. 전봇대 2. 새우, 가재 3. 붓 4. 마시는 차 5. 걸레 6. 밤
7. 얼음

① 더운 여름철에 옷을 잔뜩 껴입은 것은?

② 더울 때는 눈물 흘리고 추울 때는 꽃을 뿌리는 것은?

③ 더울 때는 옷을 잔뜩 입고 추울 때는 옷을 벗어버리는 것은?

④ 더울 때는 일하고 추울 때는 잠자는 것은?

⑤ 더울 때는 짧고 추울 때는 긴 것은?

⑥ 더울수록 눈물을 많이 흘리는 것은?

정답   1. 옥수수 2. 구름 3. 나무 4. 부채, 선풍기, 에어컨
5. 밤(夜) 6. 얼음

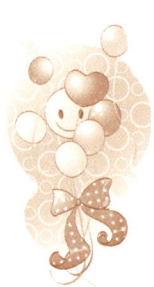

1. 더울수록 몸이 작아지는 것은?

2. 덜 된 사람들이 가져야 할 양은?

3. 덤으로 주어도 받기 싫은 덤은?

4. 덩치만 컸지 짖지도 못하고 물지도 못하는 개는?

5. 도둑이 가장 싫어하는 아이스크림은?

6. 도둑이 가장 좋아하는 아이스크림은?

7. 도둑이 훔친 돈을 영어로 말하면?

정답
1. 얼음 2. 수양 3. 무덤 4. 산고개 5. 누가바 6. 보석바
7. 슬그머니

1 독은 독인데 독이 없는 독은?

2 독 하나에 두 가지 물이 들어 있는데도 서로 섞이지 않는 것은?

3 돈다고 하는데 가만히 있는 것은?

4 돈다고 하는데 돌지 않는 것은?

5 돈만 먹었다 토했다 하는 것은?

6 돈벌이에 눈이 먼 아비는?

7 돈 안 들이고 거저먹는 것은?

정답

1. 소독 2. 달걀 3. 머리 4. 지구 5. 지갑 6. 장물아비
7. 공기

1 돈은 돈인데 쓰지 못하는 돈은?

2 돈을 벌기 위해 열심히 져야만 하는 사람은?

3 돈을 벌려면 우선 망쳐야 하는 사람은?

4 돈을 벌어놓고도 크게 우는 것은?

5 돈이 낳는 새끼는?

6 돈이 많은 사람은 거부, 말이 많은 사람은?

7 돈이 있어야 오를 수 있는 산은?

 정답

1. 사돈 2. 지게꾼 3. 어부 4. 암탉 5. 이자 6. 마부
7. 계산

① 돈 주고 병을 얻는 사람은?

② 돈 주고 사서 곧바로 물에 적셔버리는 옷은?

③ 돈 주고도 살 수 없는 것은?

④ 돌고 도는 것은?

⑤ 돌고래는 영어로 돌핀, 그럼 고래는 영어로 뭐라고 할까?

⑥ 돌리면 가고 안 돌리면 안 가는 것은?

⑦ 돌 벽에 하얀 비단을 늘어뜨린 것은?

 정답 1. 엿장수 2. 수영복 3. 시간, 세월 4. 돈 5. 핀 6. 자전거
7. 폭포

1. 동그라미밖에 그릴 줄 모르는 것은?

2. 동네는 동네인데 똑같은 집을 짓고 사는 동네는?

3. 동물 중에서 가장 낭비를 많이 하는 동물은?

4. 동생은 형 집에 들어가도 형은 동생 집에 못 들어가는 것은?

5. 동이 아닌 구리는?

6. 동화는 동화인데 읽을 수 없는 동화는?

7. 돼지들이 뀌는 방귀는?

 정답   1. 컴퍼스   2. 공동묘지   3. 사자   4. 그릇   5. 딱따구리
6. 운동화   7. 돈가스

1 두 가지 밥을 합쳐 80가지 밥을 만들려면?

2 두 개의 머리에 몸이 하나인 것은?

3 두 곰보가 위아래에서 싸우는 것은?

4 두꺼우면 새고 얇으면 안 새는 것은?

5 두 날개로 사람들을 삼켰다 토했다 하는 것은?

6 두 다리가 멀쩡한데 걷지 못하는 것은?

7 두드리면 두드릴수록 칭찬받는 것은?

 정답

1. 쉰밥과 선(서른)밥 2. 콩나물 3. 맷돌
4. 구름(맑은 날 구름층이 얇아서) 5. 문 6. 안경다리
7. 안마

1 두들겨 맞고 멀리 날아가는 게 직업인 것은?

2 두들겨 맞는 일이 일인 것은?

3 두 쌍둥이가 평생 같은 일을 하는 것은?

4 두 집이 있는데 두 집이 이사를 가면 몇 집이 남을까?

5 두꺼우면 들어갈 수 있고 얇으면 못 들어가는 것은?

6 둥근 뼈 하나에 노란 이가 잔뜩 나 있는 것은?

 정답
1. 야구공 2. 다듬잇돌 3. 젓가락
4. 두 집(이사를 가도 집은 남으니까) 5. 언 강 6. 옥수수

1 둥근 달 속에 반달 여러 개는?

2 뒤로 가면 이기고 앞으로 가면 지는 것은?

3 뒤로 밥을 먹고 앞으로 토하는 것은?

4 뒤에서 소리가 나면 돌아보는 이유는?

5 뒤에서는 연기를 뿜고 앞에서는 방귀를 뀌는 것은?

6 뒤웅박에 구멍이 일곱 개인 것은?

7 뒤통수에 눈이 있는 것은?

 정답

1. 귤   2. 줄다리기   3. 대포   4. 뒤통수에 눈이 없어서
5. 자동차   6. 얼굴   7. 개구리(눈이 머리 위 뒤쪽에 붙어 있음)

1 뒤틀린 항아리에 고기 한 점 붙은 것은?

2 드라큘라가 가장 싫어하는 사람은?

3 들어가기는 한 입으로 들어가고 나오기는 여러
입으로 나오는 것은?

4 들어가는 문은 한 개, 나오는 문은 두 개인 것은?

5 들어가면 나오고, 나오면 들어가는 것은?

6 들어가면 들어갈수록 깊어지는 것은?

 정답
1. 달팽이 2. 찔러도 피 한 방울 안 나오는 사람
3. 국수틀로 뽑는 국수 4. 바지 5. 전기 코드 6. 학문

72

1 들어갈 때는 발 먼저, 나올 때는 머리 먼저 나오는 것은?

2 들어갈 때는 잔뜩 젊어지고, 나올 때는 아무것도 없는 것은?

3 들어갈 때는 검은 얼굴이었다가 나올 때는 흰 얼굴이 되는 것은?

4 들어갈 때는 머리를 두들겨 맞고, 나올 때는 머리를 끄덕이는 것은?

5 들어갈 때는 빳빳했던 것이 나올 때는 물렁물렁해지는 것은?

 정답   1. 목욕 욕조 2. 숟가락 3. 연탄 4. 못 5. 껌

1. 들어갈 때는 옷을 입었다가 나올 때는 발가벗는 것은?

2. 들어 있으면 서고, 비어 있으면 주저앉는 것은?

3. 등에 뿔이 두 개가 난 것은?

4. 등에 산봉우리를 짊어지고 다니는 것은?

5. 등에는 털이 없고 배에만 털이 잔뜩 나 있는 것은?

6. 등에 배꼽이 달린 것은?

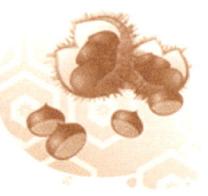

7. 등이 높은 생선은?

정답

1. 벼(벼를 도정하면 하얀 쌀이 되니까) 2. 쌀자루 3. 지게
4. 낙타 5. 구둣솔 6. 솥뚜껑 7. 고등어

74

1 등잔 위가 어두운 등잔은?

2 따끔이 속에 빤빤이, 빤빤이 속에 팁팁이, 팁팁이 속에 냠냠이는?

3 따라오지 말라고 해도 자꾸 따라오는 것은?

4 딱 한 달만 살다가 죽는 것은?

5 땅바닥을 '쿵' 구르고 손바닥을 '후' 부는 것은?

6 땅 속에 하늘이 들어 있는 것은?

7 땅한테 삿대질하는 것은?

 정답

1. 형광등 2. 먹는 밤 3. 그림자 4. 1개월 5. 쿵후 6. 샘
7. 지팡이

1 때때로 쌍둥이가 키 재는 것은?

2 때리고 훔치는 게 직업인 사람은?

3 때리는 일이 직업인 것은?

4 때리면 때릴수록 커지는 것은?

5 때리면 때릴수록 소리치는 것은?

6 때리면 살고 안 때리면 죽는 것은?

7 때릴수록 높이 뛰는 것은?

정답
1. 젓가락 2. 야구선수 3. 망치 4. 북소리 5. 꽹과리
6. 팽이 7. 공

1 때릴수록 들어가는 것은?

2 때릴수록 먹기 좋은 것은?

3 때릴수록 좋아하는 것은?

4 때릴수록 커지는 것은?

5 때마다 밥해 주고 상투 잡히는 것은?

6 떠돌아다니지 않고 사는 곳이 일정한 거지는?

7 떡으로 끓인 국은?

 정답   1. 못 2. 북어 3. 팽이 4. 혹 5. 솥뚜껑 6. 주거지 7. 떡국

① 떡은 떡인데 못 먹는 떡은?

② 떡은 떡인데 입방아를 찧어야 만들 수 있는 떡은?

③ 떡 중에서 가장 빨리 먹는 떡은?

④ 똑같은 길을 항상 왔다 갔다 하는 것은?

⑤ 똑같은데 날마다 키를 재는 것은?

⑥ 똑바로 섰다가 거꾸로 서면 커지는 숫자는?

⑦ 똥구멍을 찌르면 혀가 나오는 것은?

정답

1. 그림의 떡 2. 쑥떡쑥떡 3. 헐레벌떡 4. 기차 5. 젓가락
6. 6 7. 자물쇠

1 똥은 똥인데 튀는 똥은?

2 똥은 똥인데 하늘에서 내리는 똥은?

3 똥의 성은 무엇일까?

4 똥 중에 가장 작은 똥은?

5 뚜껑 없는 단지에 물이 가득 들어 있는 것은?

6 뚫을수록 커지는 것은?

7 뛰는 고리, 나는 고리, 앉는 고리는?

 정답

1. 불똥 2. 별똥 3. 응가 4. 소똥 5. 달걀 6. 구멍
7. 개구리, 꾀꼬리, 반짇고리

1 뛰면 주저앉고, 주저앉으면 뛰는 것은?

2 뛰어가면 덤벼드는 것은?

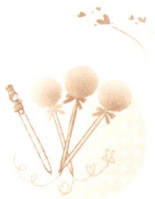

3 뛰어다니는 똥은?

4 뛰어도 뛰어도 가지 않는 것은?

5 뜨거우면 소리 지르는 것은?

6 뜨거우면 올라가고 차가우면 내려오는 것은?

7 뜨거운 동굴 속에 들어갔다 나오면 몇 배로 살 찌는 것은?

 정답
1. 널뛰기 2. 바람 3. 불똥 4. 그네 5. 밥솥
6. 온도계의 수은주 7. 뻥튀기

1. 마구 죽여도 화를 내지 않는 스포츠는?

2. 마는 마인데 먹지 못하는 마는?

3. 마당에 나가 열심히 땅을 파면 나오는 것은?

4. 마디도 없이 자라는 것은?

정답   1. 야구 2. 치마 3. 땀 4. 머리카락

1 마른 옷은 벗고 젖은 옷만 입는 것은?

2 마를수록 무거워지는 것은?

3 마셔도 마셔도 배가 부르지 않는 것은?

4 마을 입구에 서서 험상궂은 얼굴로 내려다보고 있는 것은?

5 막 나오자마자 꽃피는 것은?

6 막대 하나로 집 짓는 것은?

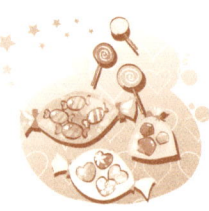

7 막아도 막아도 새는 것은?

① 만날 때나 헤어질 때나 똑같이 하는 인사는?

② 만든 사람은 쓰지 못하고, 쓰는 사람은 보지 못하는 것은?

③ 만 리를 가도 뒤돌아보지 않는 것은?

④ 만원버스에서도 언제나 앉아서 가는 사람은?

⑤ 만져보면 마디가 없으나 보면 열두 마디인 것은?

⑥ 만질수록 커지는 것은?

⑦ 많아지기만 하고 줄어들지 않는 것은?

정답

1. 안녕 2. 시체를 넣는 관 3. 흐르는 물 4. 운전사
5. 1년 열두 달 6. 종기 7. 나이

1 많은 것이 모여도 하나밖에 안 되는 것은?

2 많이 가질수록 괴로운 것은?

3 많이 나와도 적게 나와도 쑥 나왔다고 하는 것은?

4 많이 맞을수록 좋은 것은?

5 많이 먹으나 적게 먹으나 항상 배가 부른 것은?

6 많이 먹을수록 늘어나는 것은?

7 많이 먹을수록 배는 부르지 않고 화만 나는 것은?

 정답   1. 물   2. 병(질환)   3. 쑥   4. 시험 문제, 점수   5. 항아리
6. 나이, 주름살   7. 욕

1 많이 먹을수록 잘 올라가는 것은?

2 많이 실으나 적게 실으나 무게가 같은 것은?

3 많이 태우면 태울수록 좋은 것은?

4 말 가운데 가장 정직한 말은?

5 말과 행동이 다른 사람이 먹는 밥은?

6 말없이 가르치기만 하는 선생님은?

7 말은 못 하면서 흉내만 내는 것은?

 정답   1. 풍선 2. 신문 기사 3. 버스 기사 4. 참말 5. 따로국밥
         6. 책 7. 거울

1. 말은 말인데 타지 못하는 말은?

2. 말을 빠르게 해야 우승하는 사람은?

3. 말을 하지 않으려고 해도 자기도 모르게 하는 말은?

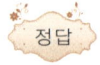

4. 말이 많은 사람은?

5. 말하지 말라는 뜻을 가진 한자는?

6. 맑은 날에는 옷 입고, 비 오는 날에는 옷 벗는 것은?

---

1 맑은 날에도 흐린 날에도, 낮에도 밤에도 안 보이는 것은?

2 맛있는 것을 주어도 사람을 괴롭히는 것은?

3 맞고 오면 엄마가 가장 좋아하는 것은?

4 맞을수록 오래 사는 것은?

5 매 맞고도 노래 부르는 것은?

6 매 맞고 비틀리고 눈물 짜는 것은?

7 매 맞을수록 고와지는 것은?

 정답   1. 마음   2. 충치   3. 백점   4. 팽이   5. 종   6. 빨래   7. 방아 떡

① 매일 검정색 옷만 입는 것은?

② 매일 둥근 항아리 속에 들어가 목욕하는 것은?

③ 매일 학교에 가지만 공부는 안하고 돌아오는 것은?

④ 머리 꼭대기에서 불과 뜨거운 물을 토해내는 것은?

⑤ 머리가 두 조각이 나도 죽지 않는 것은?

⑥ 머리가 잘못한 것을 꽁무니가 가르쳐주는 것은?

정답

1. 그림자 2. 양치질 3. 책가방 4. 화산 5. 콩나물
6. 지우개 달린 연필

1. 머리는 따뜻하고 가슴은 덥고 배는 서늘하고 발은 어는 것은?

2. 머리도 손발도 없이 다니며 가는 곳마다 환영받는 것은?

3. 머리로 먹고 머리로 내놓는 것은?

4. 머리로 먹고 옆구리로 토하는 것은?

5. 머리로 박치기하면 불이 나는 것은?

6. 머리로만 오를 수 있는 산은?

 정답

1. 1년 4계절 2. 돈 3. 병 4. 맷돌 5. 성냥 6. 암산

1 머리를 감을 때 제일 먼저 감는 것은?

2 머리를 두들겨 맞아야 제구실을 하는 것은?

3 머리를 땅에 박고 거꾸로 서서 사는 것은?

4 머리를 풀고 장독 속으로 들어가는 것은?

5 머리를 풀어헤치고 하늘로 올라가는 것은?

6 머리 아픈 사람들이 많이 모인 거리는?

7 머리에 구멍이 뚫린 것은?

 정답

1. 눈 2. 못 3. 나무 4. 배추 5. 연기 6. 두통거리 7. 병

1. 머리에 다리가 달린 것은?

2. 머리에 빨간 모자를 쓰면 키가 작아지고 검정색 뿔을 달면 그대로인 것은?

3. 머리에 세모꼴 모자를 쓰고 다리도 열 개나 달린 것은?

4. 머리에 쓰지 않았는데도 썼다고 하는 것은?

5. 머리에 지게를 이고 다니는 것은?

6. 머리와 꼬리가 똑같은 날은?

 정답

1. 문어, 낙지 2. 양초 3. 오징어 4. 글씨 5. 수사슴
6. 일요일

1 머리 하나, 기둥 하나에 꼬리 하나인 것은?

2 먹고 살기 위해 누구나 한 가지씩은 배워야 하는 술은?

3 먹고 살기 위해 비비 꼬는 사람은?

4 먹기 싫은데도 해마다 먹어야 하는 것은?

5 먹어도 배가 부르지 않는 것은?

6 먹으면 먹을수록 배고픈 것은?

7 먹으면 서고 못 먹으면 주저앉는 것은?

정답

----

1. 8분 음표(♪) 2. 기술 3. 꽈배기 장수 4. 나이

5. 욕, 공기 6. 소화제 7. 쌀자루

1 먹으면 죽는데 안 먹을 수 없는 것은?

2 먹을수록 가벼워지는 것은?

3 먹을수록 덜덜 떨리는 음식은?

4 먹을수록 배만 부르고 똥은 누지 않는 것은?

5 먹을수록 하얗게 변하는 것은?

6 먹을 수 있는 검은 종이는?

7 먹을 수 있는 산은?

정답
1. 나이 2. 풍선 3. 추어탕 4. 저금통 5. 머리카락 6. 김
7. 맛동산

① 먹지 못하는 밥은?

② 먹지 않고도 달다고 하는 것은?

③ 먹지 않았는데도 먹었다고 하는 것은?

④ 먹지 않으면 볼 수 없는 것은?

⑤ 먹지도 못하면서 음식 심부름만 하는 것은?

⑥ 먼 데서는 잘 보이고 가까이서는 잘 안 보이는 것은?

⑦ 먼 산을 보고 방귀 뀌는 것은?

 정답
1. 톱밥 2. 단잠 3. 나이 4. 음식의 맛 5. 숟가락, 젓가락
6. 안개 7. 총

94

1 먼 산을 보고 부채질하는 것은?

2 먼 산을 보고 손짓하는 것은?

3 먼 산을 보고 절하는 것은?

4 먼저 탄 사람이 나중에 내리는 것은?

5 먼저 태어날수록 나이가 어린 것은?

6 메고 올라가서 타고 내려오는 것은?

7 모기가 좋아하는 은행은?

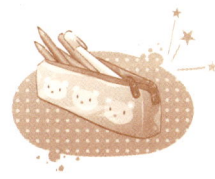

정답   1. 키질 2. 도리깨 3. 방아 4. 엘리베이터 5. 번호
        6. 낙하산 7. 혈액은행

1 　모든 것을 다 가지고 있는 것은?

2 　모든 사람들이 싫어하는 경기는?

3 　모든 사람들이 좋아하는 경기는?

4 　모든 일은 아래서부터 시작하는데 반대로 위에
　　서부터 시작하는 일은?

5 　모든 일을 한 군데에 모아 놓는 것은?

6 　모범생은 아홉 글자로 무슨 뜻일까?

7 　모습도 없이 아무 곳이나 돌아다니는 것은?

정답

1. 백과사전 2. 불경기 3. 호경기 4. 우물파기 5. 신문
6. 모든 것이 평범한 학생 7. 바람

1 모양은 똑같은데 길어졌다, 짧아졌다 하는 것은?

2 모으면 버리는 것은?

3 모자는 모자인데 쓰지 못하는 모자는?

4 모자를 벗으면 일하고, 쓰면 노는 것은?

5 모자 하나에 두 머리도 쓰고 다섯 머리도 쓰는 것은?

6 목 베이고 창자를 빼낸 뒤에도 소리 나는 것은?

7 목수도 고칠 수 없는 집은?

정답

1. 해(해의 모양은 그대로인데 밤낮의 길이는 변하니까)
2. 쓰레기 3. 엄마와 아들(母子) 4. 만년필, 펜
5. 솔잎(솔잎의 모양 때문에) 6. 꽈리 7. 고집

① 목욕탕에서 옷 입고 있는 사람은?

② 목으로 먹고 배로 내보내는 것은?

③ 목을 조이는 것인데도 좋아하며 받는 선물은?

④ 목이 다섯, 눈이 스물둘, 등이 여섯인 것은?

⑤ 몸은 하나인데 이는 수도 없이 많은 것은?

⑥ 못 사는 사람이 많을수록 잘 되는 가게는?

⑦ 몸뚱이 하나로 세상을 돌아다니는 것은?

 정답

----

1. 때밀이 2. 우체통 3. 넥타이 4. 사람(목1+손목2+발목2=5, 눈2+손톱눈10+발톱눈10=22, 등1+콧등1+손등2+발등2=6)
5. 톱 6. 철물점 7. 돈

98

① 몸뚱이 하나에 꼬리 달고 하늘에서 춤추는 것은?

② 몸뚱이 하나에 달랑 입 하나만 있는 것은?

③ 몸에 수천 개의 가시가 박혔는데도 아픔을 못 느끼는 것은?

④ 몸에 지니고 있으면서도 팔 수 없는 금은?

⑤ 몸에 항상 지니고 다니는 그릇은?

⑥ 몸통 하나에 구멍 여러 개가 뚫려 있고 구멍마다 다른 소리로 노래하는 것은?

 정답

1. 연 2. 엽전 3. 고슴도치 4. 오금 5. 장딴지(장단지)
6. 피리

1. 몸통 하나에 입이 두 개인 것은?

2. 못된 사업가들이 가장 싫어하는 금은?

3. 못생긴 여자를 좋아하는 사람은?

4. 못은 못인데 박지 못하는 못은?

5. 무거울수록 위로 올라가는 것은?

6. 무덤 위에 세운 비석은?

7. 무슨 일이든지 언제나 뒤로 미루기만 하는 사람들이 하는 일은?

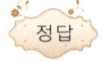

정답

1. 연적(작은 구멍이 두 개 뚫려 있음) 2. 세금
3. 성형외과 의사 4. 연못 5. 저울의 숫자 6. 솥뚜껑
7. 차일피일

1. 묵은 묵인데 먹지 못하는 묵은?

2. 문은 문인데 드나들 수 없는 문은?

3. 문은 문인데 떠돌아다니는 문은?

4. 문은 문인데 손가락 끝에 있는 문은?

5. 문은 문인데 신혼부부가 좋아하는 문은?

6. 문이 위를 향해 난 집은?

7. 문제가 없으면 나도 없다고 하는 것은?

 정답 1. 침묵 2. 지문 3. 소문 4. 지문 5. 허니문 6. 제비집
7. 답

1 문 중에 가장 작은 문은?

2 물건은 물건인데 물속에 들어가면 안 보이는 것은?

3 물건은 하나인데 보는 사람마다 다른 것은?

4 물건을 사왔는데도 못 사왔다고 하는 것은?

5 물건을 사고도 받는 돈은?

6 물고기 중에서 가장 학벌이 좋은 물고기는?

7 물구나무서서 일하는 것은?

정답 ┄┄┄┄┄┄┄┄┄┄┄┄┄┄┄┄┄┄┄┄┄┄┄┄┄┄┄┄┄┄┄┄┄┄┄

1. 소문 2. 유리 3. 거울 4. 못 5. 거스름돈 6. 고등어
7. 붓, 연필, 볼펜 등 필기도구

1 물만 먹고 사는 것은?

2 물속에 들어가도 젖지 않고 불 속에 들어가도 타지 않는 것은?

3 물속에서 손발도 없이 기어 다니는 것은?

4 물속에 있는 비단 방석은?

5 물속에 사는 오리는?

6 물 없는 사막에서도 할 수 있는 물놀이는?

7 물에 넣어도 젖지 않고 불에 넣어도 타지 않는 것은?

정답 1. 콩나물 2. 그림자 3. 조개 4. 물에 비친 해 5. 가오리
6. 사물놀이 7. 그림자

1 물에 빠지면 제일 먼저 만나는 적은?

2 물에 젖을수록 무거워지는 것은?

3 물에서 태어났는데도 밖에 나와야 살고 물에 들어가면 죽는 것은?

4 물은 물인데 마시면 죽는 물은?

5 물은 물인데 마실 수 없고 씹어 먹어야 하는 물은?

6 물은 물인데 모든 사람들이 좋아하는 물은?

7 물은 물인데 못 먹는 물은?

 정답

1. 허우적 2. 솜 3. 소금 4. 양잿물 5. 나물 6. 선물
7. 고물

1 물은 물인데 물고기가 무서워하는 물은?

2 물은 물인데 사람들이 무서워하는 물은?

3 물은 물인데 오래된 물은?

4 물은 물인데 잘 보이지 않는 물은?

5 물은 물인데 정직한 사람들이 싫어하는 물은?

6 물을 맞으면 도는 것은?

7 물을 먹고 사는 물은?

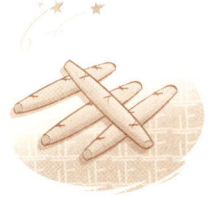

정답   1. 그물 2. 괴물 3. 고물 4. 가물가물 5. 뇌물 6. 물레방아
7. 콩나물

① 물을 먹으면 죽고 바람을 먹으면 사는 것은?

② 물이 아닌데 물처럼 흐르는 것은?

③ 물이 흘러야 사는 것은?

④ 뭐든지 자꾸 보겠다고만 하는 곡식은?

⑤ 미역장수가 가장 좋아하는 산은?

⑥ 밑으로 먹고 위로 토해내는 것은?

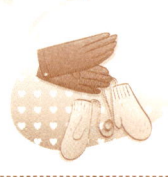

정답

----

1. 불 2. 세월 3. 물레방아 4. 보리 5. 해산, 출산
6. 분수, 대패

ㅂ

1 바가지는 바가지인데 절대 안 깨지는 바가지는?

2 바가지 두 개 엎어 놓은 것은?

3 바가지 속에 필통, 필통 속에 연필 한 자루는?

4 바가지요금을 받아야 하는 사람은?

정답 1. 아내가 긁는 바가지 2. 엉덩이 3. 무덤 4. 바가지 장수

1. 바깥에서는 맑고 안에서는 어두운 것은?

2. 바느질하려고 실을 찾는 사람을 다섯 글자로 줄이면?

3. 바늘과 실이 있어도 꿰매지 못하는 것은?

4. 바늘과 토끼에게는 있는데 금붕어에게는 없는 것은?

5. 바다도 있고 산도 있는데, 물도 없고 나무도 없는 것은?

6. 바다에 뜬 사발은?

정답   1. 물   2. 실없는 사람   3. 낚싯바늘과 낚싯줄   4. 귀   5. 지도
6. 달

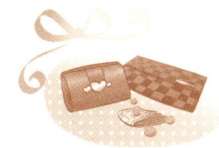

1 바다에 사는 개는?

2 바다에서 제일 큰 동물은?

3 바다에 흰 뱀이 가득한 것은?

4 바다와 하늘 사이에 있는 것은?

5 바다의 왕은?

6 바닷가에서만 할 수 있는 욕은?

7 바닷물에서 하늘로 뜨는 배는?

정답

1. 조개, 물개 2. 새우(등을 구부리고 있으니까) 3. 국수
4. '와' 자 5. 왕새우 6. 해수욕 7. 달

1 바닷물은 왜 짤까?

2 바닷물을 되로 된다면 몇 되나 될까?

3 바람만 불면 강가에서 춤추는 것은?

4 '바람 바람 바람'을 세 글자로 줄이면?

5 바람은 바람인데 시원하지 않은 바람은?

6 바람이 불어야 가는 것은?

7 바람이 불어야 좋은 때는?

정답

1. 물고기들의 오줌과 땀 때문에 2. 바다만한 되로 한 되
3. 갈대 4. 쌩쌩쌩 5. 치맛바람 6. 돛단배 7. 연 날릴 때

1 바람이 불면 안 흔들리고, 바람이 안 불면 흔들리는 것은?

2 바람은 바람인데 불지 않는 바람은?

3 바로 눈앞에 있는데도 안 보이는 것은?

4 바로 눈 위에 두고도 못 보는 것은?

5 바로 들고 보나, 거꾸로 들고 보나 바로 보이는 것은?

6 바위는 바위인데 사람이 싫어하는 바위는?

 정답   1. 부채 2. 신바람 3. 눈꺼풀 4. 눈썹 5. 거울 6. 야바위

① 바위틈에서 나팔 부는 것은?

② 바지 속에서 잃어버리고 못 찾는 것은?

③ 바퀴가 있는데도 날아다니는 것은?

④ 박은 박인데 못살게 구는 박은?

⑤ 박은 박인데 얼음으로 만들어진 박은?

⑥ 밖은 푸르고 안은 붉은 것은?

⑦ 반드시 모자를 벗어야만 할 수 있는 것은?

정답 ⎯⎯⎯⎯⎯⎯⎯⎯⎯⎯⎯⎯⎯⎯⎯⎯⎯⎯⎯⎯⎯
1. 방귀 2. 방귀 3. 비행기 4. 구박, 타박 5. 우박 6. 수박
7. 이발

① 반쯤 앉고 반쯤 서서 추는 춤은?

② 받기만 하고 줄줄은 모르는 것은?

③ 발가벗고 부엌에서 얻어터지는 것은?

④ 발 네 개로 다니는 뱀은?

⑤ 발도 없고 돈도 없이 온 세상을 여행하는 것은?

⑥ 발버둥치는 사람이 많이 모여 있는 곳은?

⑦ 발 없이 천 리 가는 것은?

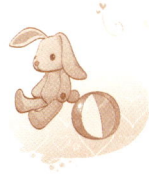

 정답 1. 엉거주춤 2. 쓰레받기 3. 마늘 4. 도마뱀 5. 바람, 구름
6. 수영장 7. 말, 소문

① 발에 달려 있는 목은?

② 발은 발인데 머리 위에서 일하는 발은?

③ 발은 발인데 바람 불면 춤추는 발은?

④ 발은 발인데 발가락이 없는 발은?

⑤ 발은 발인데 혼자 움직이지 못하는 발은?

⑥ 발이 두 개 달린 소는?

⑦ 밝은 곳에서는 볼 수 없는 것은?

 정답
1. 발목 2. 가발 3. 깃발 4. 깃발 5. 신발 6. 이발소
7. 영화

114

1 밝을수록 보이지 않는 것은?

2 밟을수록 잘 달리는 것은?

3 밤낮 고개 숙이고 눈물을 줄줄 흘리는 것은?

4 밤낮 눈 부릅뜬 채 화내고 서 있는 것은?

5 밤낮 쉬지 않고 먼 길만 가는 것은?

6 밤낮 쉬지 않고 숫자만 세면서 마당을 도는 것은?

7 밤낮으로 남의 말만 전해 주는 것은?

 정답

1. 별 2. 자전거 3. 수도꼭지 4. 장승 5. 시냇물 6. 시계
7. 편지, 전화

① 밤낮으로 외다리 서기 하고 팔 벌려 벌 받는 것은?

② 밤마다 나왔다가 아침이면 들어가는 것은?

③ 밤마다 바다에 서서 눈을 깜빡이는 것은?

④ 밤새도록 같이 있다가 아침이 되면 헤어지는 것은?

⑤ 밤에 보아야 아름다운 꽃은?

⑥ 밤에 불을 켜면 잽싸게 도망가는 것은?

⑦ 밤에는 살아나고 낮에는 죽는 것은?

1 밤에는 찾아볼 수 없는 것은?

2 밤에만 몰래 다니는 손님은?

3 밤이나 낮이나 자라고 하는 것은?

4 밥 먹고 나서 목욕하는 것은?

5 밥 먹기 전에 세수하고, 밥 먹은 후에 또 세수하는 것은?

6 밥 먹을 때마다 발을 동동 구르는 것은?

 정답

1. 해 2. 도둑 3. 자라 4. 그릇, 수저 5. 밥상, 식탁
6. 젓가락

1 밥을 퍼주기만 하고 얻어먹지도 못하는 것은?

2 밥 중에 못 먹는 밥은?

3 밥 지어주고 키 작아지는 것은?

4 방귀 뀌고 도망가는 것은?

5 방귀나무에 열리는 열매는?

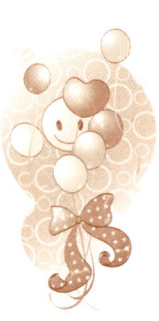

6 방귀만 먹고 사는 것은?

7 방 안에 있는 목 두 개는?

정답

1. 주걱 2. 실밥, 귓밥 3. 부지깽이 4. 오토바이
5. 오디(뽕나무의 열매) 6. 누에 7. 아랫목과 윗목

1 방 안에도 네 개, 밖에도 네 개인 것은?

2 방에서 살 수 없는 사람은?

3 방울은 방울인데 소리가 안 나는 방울은?

4 방은 방인데 모두 안 들어가려고 하는 방은?

5 방은 방인데 못 들어가는 방은?

6 밭을 갈고 있는 소년에게 나이를 물었더니, '저 건너 밭둑이 모두 무너졌어요.' 라고 했다. 소년의 나이는?

 정답 1. 동서남북 2. 눈사람 3. 솔방울 4. 감방 5. 가방, 서방
6. 열 살 - 밭 전(田)자에서 둘레가 없는 것은 열 십(十)자니까

1 배가 불러야 제 모양이 나는 것은?

2 배고픈 사람이 절대 먹어서는 안 되는 약은?

3 배꼽으로 먹고 입으로 토하는 것은?

4 배꼽을 비틀어 놓고 밥을 주었다고 하는 것은?

5 배 두 척에 사람이 탄 것은?

6 배울 것 다 배웠어도 계속해서 배우라고 하는 것은?

7 배꼽에 털 난 것은?

정답

1. 자루 2. 소화제 3. 연적(벼루에 먹을 갈 때 쓸 물을 담아
두는 그릇) 4. 태엽시계 5. 신발 6. 배우
7. 도토리(도토리 끝부분에 털 같은 것이 나 있음)

① 배는 배인데 못 먹는 배는?

② 배도 등 같고 등도 배 같은 것은?

③ 배우면 배울수록 어려운 것은?

④ 배워도 배워도 끝없이 배우라고 하는 사람은?

⑤ 백두산 꼭대기에서 가장 큰 나무는 몇 그루?

⑥ 백 년, 천 년을 간다 해도 사람 눈에 띄지 않고 가는 것은?

⑦ 백에서 하나가 모자라도 백이라고 하는 것은?

 정답

1. 사람의 배, 타는 배 2. 참빗(앞뒤 모양이 같으니까)
3. 공부 4. 배우 5. 한 그루 6. 세월
7. 흰 백(白) - 일백 백(百)에서 한 획을 빼도 백(白)이니까

121

① 뱀이 실을 물고 고개를 넘어 다니는 것은?

② 뱃속에 넣고 다니다가 공부할 때만 열어주는 것은?

③ 버스는 버스인데 바다를 건넌 버스는?

④ 벌레 중 가장 빠른 벌레는?

⑤ 벌리면 네 가닥, 오므리면 한 가닥이 되는 것은?

⑥ 법적으로 바가지요금을 받아도 되는 장사는?

⑦ 베개를 머리에 베지 않고 허리에 벤 것은?

정답

1. 바느질 2. 필통 3. 콜럼버스 4. 바퀴벌레(바퀴가 달려 있으니까) 5. 가위 6. 바가지 장수 7. 널뛰기 널

1. 베개를 수도 없이 많이 베고 누워 있는 것은?

2. 베개 하나에 수십 명이 베고 자는 것은?

3. 베어도 베어도 붙어버리는 것은?

4. 벼락만 잡아먹고 사는 것은?

5. 벼락은 벼락인데 더러운 벼락은?

6. 벼락은 벼락인데 무섭지 않은 벼락은?

7. 변호사와 검사 중 누가 큰 모자를 쓸까?

1 별은 별인데 아주 슬픈 별은?

2 병균 중에서 가장 우두머리 병균은?

3 병든 사람들이 가장 받고 싶어 하는 복은?

4 '병든 자여, 다 내게로 오라.'고 외치는 사람은?

5 병아리들이 좋아하는 약은?

6 병은 병인데 만질 수는 있으나 물을 못 담는 병은?

7 병은 병인데 엿장수도 싫어하는 병은?

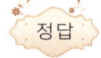 정답

1. 이별 2. 대장균 3. 회복 4. 고물 장수 5. 삐약삐약
6. 사병, 헌병 7. 위장병

1. 병을 고치려는데 십리탕을 지어 먹으라고 의원이 말하였다. 십리탕은 무엇으로 만드나?

2. 병 중에 가장 뜨겁고 열이 나는 병은?

3. 병 중에 아름다운 병은?

4. 병 중에 얄미운 병은?

5. 보고도 못 먹는 감은?

6. 보려고 해도 안 보이고, 안 보려고 해도 보이는 것은?

정답
1. 오리 두 마리 2. 화염병 3. 꽃병 4. 꾀병 5. 대감, 영감
6. 꿈

① 보름 동안에 젊어지고 보름 동안에 늙는 것은?

② 보통 때는 안 보이지만 끓으면 보이는 것은?

③ 복덕방 할아버지가 항상 말씀하시는 한자는?

④ 볼 수는 있어도 먹을 수는 없는 것은?

⑤ 봄에 왔다가 가을에 가는 것은?

⑥ 봉급자들이 한 달에 한 번 만져보는 꼬리는?

⑦ 봉사 생활을 오래 하다가 결국 빛을 본 사람은?

정답

1. 달 2. 수증기 3. 집 사(舍) 4. 그림의 떡 5. 제비, 나뭇잎
6. 쥐꼬리(만 한 월급) 7. 심 봉사(심학규)

1 부르면 대답하지만 형체가 없는 것은?

2 부엌에서 날마다 갓 쓰고 있는 것은?

3 부인이 남편에게 매일 주는 상은?

4 북은 북인데 그림을 그리는 북은?

5 북 중에 가장 큰 북은?

6 북 중에 살아 움직이는 북은?

7 '불가능' 이라는 단어가 나오지 않는 사전은?

 정답
1. 메아리 2. 솥 3. 밥상 4. 스케치북 5. 동서남북
6. 거북 7. 나폴레옹의 사전

1 불면 불수록 커지는 것은?

2 불에 넣어도 타지 않고 물에 넣어도 젖지 않는 것은?

3 불은 불인데 가시가 많이 붙은 불은?

4 불은 불인데 배 위에 올려놓는 불은?

5 불은 불인데 절에만 있는 불은?

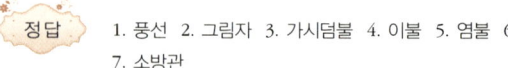

6 불은 불인데 타지 않는 불은?

7 불을 끄지 않으면 잠을 잘 수 없는 사람은?

정답   1. 풍선   2. 그림자   3. 가시덤불   4. 이불   5. 염불   6. 반딧불
7. 소방관

① 불을 붙이면 키가 점점 작아지는 것은?

② 불이 안 켜지는 초는?

③ 불 켜고 눈물 흘리며 키 작아지는 것은?

④ 붉은 길에 동전 하나가 떨어져 있는데, 그 동전의 이름은?

⑤ 붉은 주머니에 금돈이 가득 들어 있는 것은?

⑥ 비가 오나 눈이 오나 붉은 옷 입고 길가에 서 있는 것은?

 정답   1. 양초   2. 식초   3. 촛불   4. 홍길동전   5. 붉은 고추
6. 우체통

1 비가 오면 활짝 웃고 해가 나면 잔뜩 찌푸리는 것은?

2 비는 비인데 봄에 오는 비는?

3 비는 비인데 사람을 가난하게 하는 비는?

4 비는 비인데 쓸지 못하는 비는?

5 비는 비인데 주머니 속에 들어가는 비는?

6 비 올 때 웃는 웃음은?

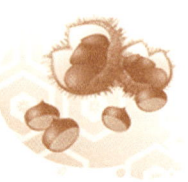

7 비 중에 먹는 비는?

정답

1. 우산 2. 제비 3. 낭비 4. 비[雨] 5. 차비 6. 비웃음
7. 굴비, 갈비

① 비행기와 자전거 중 더 가벼운 것은?

② 빈손으로 들어갔다가 한가득 들고 나오는 것은?

③ 빙글빙글 돌아야 노래가 나오는 것은?

④ 빛깔은 흰색인데 보라라고 하는 것은?

⑤ 빛만 보면 죽는 것은?

⑥ 빛을 내며 큰 소리로 우는 것은?

⑦ 빛을 품고 있는 쥐는?

 정답
1. 비행기(공중에 뜨니까) 2. 두레박 3. 레코드판 4. 눈보라
5. 필름 6. 천둥 7. 광마우스

1 빨간 강물 속에 작은 배들이 떠다니는 것은?

2 빨간 밥 먹고 빨간 똥 누는 것은?

3 빨간 새, 노란 새, 파란 새가 모였는데 모두 다 까만 새로 변한 까닭은?

4 빨간 짐, 하얀 짐을 싼 푸른 보자기가 아리랑 고개를 넘어가는 것은?

5 빵은 빵인데 걸어놓고 먹는 빵은?

6 뼈가 없어도 힘이 센 것은?

정답

1. 수박 2. 도장 3. 밤에 모였으니까 4. 상추쌈
5. 건빵 6. 물

1 뼈도 살도 팔도 없는 손가락은?

2 뼈 하나에 노란 이가 수없이 많이 나 있는 것은?

3 뼛속에 물, 물속에 금이 있는 것은?

4 뼛속에 살이 있는 것은?

5 '뽕' 하고 방귀만 뀌는 것은?

 정답   1. 장갑 2. 옥수수 3. 달걀 4. 게, 호두 5. 뽕나무

① 사계절 내내 푸른 옷을 입고 있는 것은?

② 사내 뒤에 여자가 섰고, 여자 뒤에 사내가 섰으면 모두 몇 사람일까?

③ 4년에 한 번씩 생일을 맞이하는 사람의 생일은 언제일까?

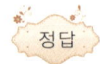

정답

1. 상록수(소나무, 전나무 등등) 2. 두 사람 3. 2월 29일

134

① 사는 것을 판다고 말하는 것은?

② 사람과 쌀에는 있는데, 지렁이에겐 없는 것은?

③ 사람들에게 올 때 사이렌을 울리면서 오는 것은?

④ 사람들을 웃기기도 하고, 울리기도 하는 종이쪽 지는?

⑤ 사람들이 가기 싫어도 억지로 가야 하는 길은?

⑥ 사람들이 가장 많이 내는 소리는?

⑦ 사람들이 가장 싫어하는 금은?

 정답 1. 쌀 2. 눈 3. 모기 4. 돈 5. 저승길 6. 숨소리 7. 세금

135

① 사람들이 가장 싫어하는 색은?

② 사람들이 가장 싫어하는 통은?

③ 사람들이 가장 좋아하는 춤은?

④ 사람들이 가장 좋아하는 영화는?

⑤ 사람들이 되고 싶어 하는 벌은?

⑥ 사람들이 싫어하는 거리는?

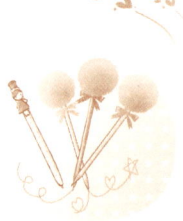

⑦ 사람들이 싫어하는 덩어리는?

정답

----

1. 질색 2. 고통 3. 안성맞춤 4. 부귀영화 5. 재벌
6. 걱정거리 7. 웬수덩어리

① 사람들이 즐겨 마시는 피는?

② 사람 몸에서 나오는 곤충은?

③ 사람 몸 중에서 가장 힘이 센 곳은?

④ 사람은 사람인데 뜨거운 것 앞에서 녹는 사람은?

⑤ 사람을 마구 죽여도 화내지 않고 칭찬을 받는 것은?

⑥ 사람을 물에 넣었다가 말려서 파는 사람은?

⑦ 사람의 몸 중에서 가장 비싼 곳은?

 정답

1. 커피 2. 사마귀 3. 머리카락(몸을 뚫고 나오니까)
4. 눈사람 5. 야구 6. 사진사 7. 오금

1 사람의 몸무게가 가장 많이 나갈 때는?

2 사람의 몸으로 만들 수 있는 나무는?

3 사람의 이 중에서 가장 늦게 생기는 이는?

4 사람이 가득 타고 빙글빙글 돌고 있는데, 멀미도 나지 않고 떨어지지도 않는 것은?

5 사람이 가장 많은 산은?

6 사람이 감옥에 갇혀 있는 한자는?

7 사람이 건널 수 없는 다리는?

정답

1. 철들 때 2. 물구나무 3. 틀니 4. 지구 5. 부산
6. 갇힐 수(囚) 7. 무지개다리

① 사람이 늘 가지고 다니는 흉기는?

② 사람이 들어가면 움직이는 집은?

③ 사람이 뜸할 때 돈 버는 사람은?

④ 사람이 먹을 수 없는 다리는?

⑤ 사람이 먹을 수 있는 제비는?

⑥ 사람이 있을 때는 필요 없고 없을 때만 제구실을 하는 것은?

⑦ 사람이란 다 때가 있다고 말하는 사람들이 가는 곳은?

 정답

1. 머리칼 2. 가마 3. 한의사 4. 사다리 5. 수제비
6. 자물쇠 7. 목욕탕

1. 사방 어디를 향하든지 북인 것은?

2. 사방에 널려 있어도 담을 수 없는 것은?

3. 사진사가 잘하면 안 되는 일은?

4. 사진 찍을 때 사람들이 가장 많이 찾는 우리 음식은?

5. 산골짜기에서 냇물 흘러내리는 것은?

6. 산봉우리 위에 해 떠 있는 숫자는?

7. 산에 가도 사리, 냇물에 가도 사리는?

 정답
1. 치는 북 2. 공기 3. 못 찍는 일 4. 김치 5. 오줌 6. 30
7. 고사리, 송사리

1. 산에 바가지 엎어 놓은 것은?

2. 산에 숨어서 남의 목소리만 흉내 내는 것은?

3. 산은 산인데 들 수 있는 산은?

4. 산은 산인데 오를 수 없는 산은?

5. 산타클로스가 싫어하는 음식은?

6. 살기는 살았어도 움직이지 않는 것은?

7. 살수록 많아지는 것은?

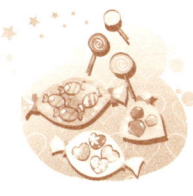

 정답

1. 무덤 2. 메아리 3. 우산, 양산 4. 우산, 양산 5. 울면
6. 달걀 7. 나이, 주름살

① 살아 있어도 우리 눈에는 보이지 않는 것은?

② 살 안에 뼈가 보이는 것은?

③ 살은 살인데 나무로 된 살은?

④ 살은 살인데 날아다니는 살은?

⑤ 살은 살인데 얄미운 살은?

⑥ 살을 뚫고 나오는 뼈는?

⑦ 살이 빠지면 커지는 것은?

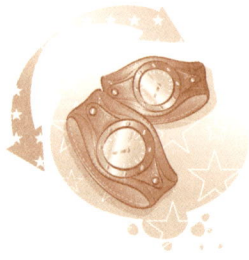

정답

1. 세균, 병균 2. 전구 3. 문살 4. 화살 5. 얄살
6. 손톱, 발톱 7. 옷

142

1 삶을수록 단단해지는 것은?

2 삼시(아침, 점심, 저녁) 세 때마다 주리 트는 것은?

3 삼층은 꽃동산, 이층에서는 잠자고, 일층에서는 노래 부르는 것은?

4 삼키지 않고 뱉어야 되는 약은?

5 삽이 없어도 땅굴을 잘 파는 것은?

6 상 위에서 두 다리로 춤을 추는 것은?

7 상은 상인데 못 받는 상은?

 정답 1. 달걀 2. 행주 3. 상여 4. 치약 5. 두더지 6. 젓가락
7. 울상

143

① 상은 상인데 못생긴 상은?

② 상인들이 싫어하는 경기는?

③ 상자 속에서 모자 쓰고 나와 몸 태우는 것은?

④ 새는 새인데 날개 없는 새는?

⑤ 새 중에서 가장 빠른 새는?

⑥ 새 중에서 가장 큰 새는?

⑦ 새 중에서 진짜 새는?

정답 1. 울상, 밉상 2. 불경기 3. 성냥 4. 노새 5. 눈 깜짝할 새
6. 하늘과 땅 새(사이) 7. 참새

144

1 새로운 소식을 듣는 문은?

2 색동옷 입고 하늘에 떠 있는 것은?

3 색은 색인데 인터넷에서만 사용하는 색은?

4 색이 달라질 때마다 오고 가게 하는 것은?

5 샘은 샘인데 물 없는 샘은?

6 생떼를 써야 얻어먹는 것은?

7 생명 없는 줄기에 꽃피는 것은?

 정답 ·
1. 신문 2. 무지개 3. 검색 4. 신호등 5. 시샘 6. 꿀밤
7. 전기

① 생명은 있지만 눈, 코, 귀가 없는 것은?

② 생일이 곧 죽는 날인 것은?

③ 생전 거짓말을 하지 못하는 것은?

④ 서럽지도 슬프지도 않는데 눈물이 나는 것은?

⑤ 서로 사정없이 부딪혀야 일이 되는 것은?

⑥ 서로 진짜라고 우기는 신은?

⑦ 서면 낮고 앉으면 높은 것은?

정답 1. 달걀 2. 하루살이 3. 거울 4. 하품 5. 절구와 절굿공이
6. 옥신각신 7. 천장

1 서면 작고 앉으면 큰 것은?

2 서서 쉬고 앉아서 일하는 것은?

3 서서 자는 동물은?

4 서양에서는 서고, 동양에서는 누워 있는 글자는?

5 서울과 부산 사이에 있는 말은?

6 서울에서 가장 시원한 동네는?

7 서울에서 가장 큰 동네는?

 정답

---

1. 개(선 키보다 앉은 키가 크니까) 2. 거문고 3. 말
4. 1(一) 5. '과' 자 6. 청량리 7. 만리동

① 서울에서 가장 영화관이 많은 동네는?

② 서울에서 대문을 두 개씩이나 가지고 있는 동네는?

③ 서울에서 부산행 열차를 타면 한 시간 후에 어디에 있을까?

④ 서울역은 어느 구로 들어갈까?

⑤ 석 자밖에 안 되는 도시는?

⑥ 석탄이 석유가 되게 하려면?

 정답   1. 개봉동 2. 쌍문동 3. 철로 위 4. 개찰구 5. 삼척
6. 석탄을 팔아서 석유를 산다

① 선거철에 입후보자가 일구는 밭은?

② 선생님들이 매일 찾는 나무는?

③ 선은 선인데 고양이가 가장 좋아하는 선은?

④ 선은 선인데 못 지우는 선은?

⑤ 성격 차이로 다투던 부부가 마지막으로 의견 일치를 보는 것은?

⑥ 성미가 급한 사람을 비추는 달은?

⑦ 세계 어디로 가나 가장 빠른 차는?

정답

1. 표밭 2. 주목 3. 생선 4. 유람선 5. 합의이혼
6. 안달복달 7. 첫차

1 세계에서 몸집이 가장 큰 여자의 이름은?

2 세 고개 넘어 하얀 마당은?

3 세모 모양의 모자를 쓰고 다리가 열 개인 것은?

4 세로로 놓아도 가로로 놓아도 변하지 않는 글자는?

5 세 사람만 탈 수 있는 차는?

6 세상 모든 것을 다 덮는 것은?

7 세상 모든 사물이 다 가지고 있는 것은?

 정답

1. 태평양 2. 손톱 3. 오징어 4. 한 일(一) 5. 인삼차
6. 눈꺼풀 7. 그림자

1 세상 사람들이 똑같이 먹는 것은?

2 세상에서 가장 게으른 사람이 죽은 이유는?

3 세상에서 가장 골치 아픈 끈은?

4 세상에서 가장 더러운 개는?

5 세상에서 가장 뜨거운 바다는?

6 세상에서 가장 머리가 긴 사람은?

7 세상에서 가장 먼 곳은?

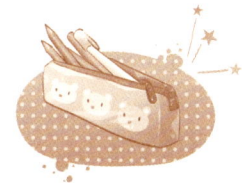

 정답   1. 나이   2. 숨쉬기가 귀찮아서   3. 지끈지끈   4. 꼴불견
5. 열바다(열받아)   6. 장발장   7. 자신의 등

① 세상에서 가장 빠른 개는?

② 세상에서 가장 빠른 닭은?

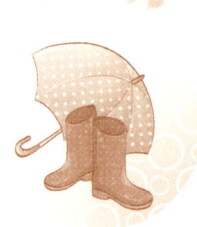

③ 세상에서 가장 빨리 먹는 떡은?

④ 세상에서 가장 아름다운 소는?

⑤ 세상에서 가장 어려운 비는?

⑥ 세상에서 가장 작은 섬은?

⑦ 세상에서 가장 잘 깨지는 유리창은?

정답

1. 번개 2. 후다닥 3. 헐레벌떡 4. 미소 5. 고비 6. 건포도
7. 와장창

152

① 세상에서 가장 조용한 세계는?

② 세상에서 가장 추운 바다는?

③ 세상에서 가장 큰 감은?

④ 세상에서 가장 큰 알은?

⑤ 세상에서 가장 큰 양은?

⑥ 세상에서 가장 큰 코는?

⑦ 세상에서 가장 흉내를 잘 내는 것은?

 정답 1. 거울 속 세계 2. 썰렁해 3. 대감 4. 눈알(온 세상을 볼 수 있으니까) 5. 태평양 6. 멕시코 7. 거울

1 세상에서 제일 쉬우면서 안 되는 일은?

2 세상을 다 가릴 수 있는 것은?

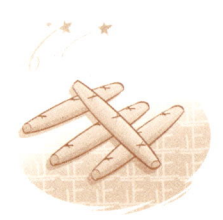

3 세상을 모두 들여다보는 문은?

4 세상을 제일 많이 굴러다니는 것은?

5 세상의 어떤 것이든 금방 똑같이 그려내는 것은?

6 세종대왕의 새로운 직업은?

7 세탁소 주인이 좋아하는 나무는?

정답
1. 칼로 물 베기 2. 눈꺼풀 3. 신문 4. 동전 5. 거울
6. 조폐공사 전속 모델 7. 구기자나무

① '소가 웃는 소리'를 세 글자로 말하면?

② 소가 외나무다리에 서 있는 한자는?

③ 소금으로 부자가 되려면?

④ 소금이 죽으면 뭐가 될까?

⑤ 소는 소인데 공기보다 가벼운 소는?

⑥ 소는 소인데 날아다니는 소는?

⑦ 소는 소인데 일 못 하는 소는?

정답

1. 우(牛)하하 2. 날 생(生) 3. 소와 금으로 나눈다
4. 죽염 5. 수소 6. 하늘소 7. 염소

155

1 소리 나는 꽃은?

2 소리 나지 않는 방울은?
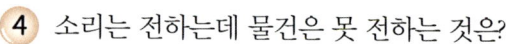

3 소리는 나도 볼 수 없는 것은?

4 소리는 전하는데 물건은 못 전하는 것은?

5 소리 없이 가는데 붙잡지 못하는 것은?

6 소 중에 가장 좋은 소는?

7 속이 상한 사람이 많을수록 돈 버는 사람은?

 정답   1. 나팔꽃 2. 솔방울 3. 바람 4. 전화 5. 시간, 세월
6. 절(寺)에 있는 소(牛)=특(特) 7. 내과 의사

1️⃣ 속담 중에서 거짓말인 것은?

2️⃣ 속상한 일이 없으면 만날 필요가 없는 사람은?

3️⃣ 속이 끓어오르는 사람이 쓴 글은?

4️⃣ 속이 비어 있을수록 큰 소리가 나는 것은?

5️⃣ 손님 앞에서 버릇없이 오줌을 누는 것은?

6️⃣ 손님을 뒤에다 두고 일만 하는 사람은?

7️⃣ 손님이 깎아 달라는 대로 다 깎아주는 사람은?

① 손님이 들어가서 주인을 내쫓는 것은?

② 손님이 없을수록 좋은 곳은?

③ 손님이 올 때마다 온몸이 짓눌리는 것은?

④ 손도 발도 눈도 없는데 잘 가는 것은?

⑤ 손도 발도 없는데 온 세상을 다 돌아다니는 것은?

⑥ 손도 발도 없는데 늘 우리 몸에 붙어 다니는 것은?

⑦ 손도 발도 없이 집을 부수고 다니는 것은?

정답

1. 열쇠 2. 교도소 3. 방석 4. 시계 5. 말 6. 옷 7. 태풍

1. 손 안 대고 나무를 흔드는 것은?

2. 손 안 대고도 쌀 수 있는 것은?

3. 손에 항상 쥐고 다니는 금은?

4. 손이 닿으면 안 되는 공은?

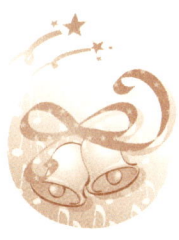

5. 쇠만 먹고 사는 것은?

6. 수염 난 아기를 업고 서 있는 것은?

7. 수학을 가장 잘했던 조선 시대 임금은?

정답

1. 바람 2. 똥 3. 손금 4. 축구공 5. 용광로 6. 옥수숫대
7. 연산군

① 수천 리를 달려가도 형님이 동생 못 따라가는 것은?

② 수캐는 왜 한쪽 다리를 들고 오줌을 눌까?

③ 수컷 제비가 암컷 제비를 부를 때 하는 말은?

④ 수험생이 가장 싫어하는 국은?

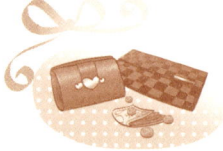

⑤ 술과 술이 맞닿는 것은?

⑥ 술꾼이 술 다음으로 좋아하는 것은?

⑦ 술은 술인데 못 먹는 술은?

정답

1. 수레바퀴 2. 두 다리를 다 들면 넘어지니까 3. 지지배
4. 미역국 5. 입술 6. 안주 7. 요술, 마술, 미술

① 술은 술인데 어린이가 마셔도 되는 술은?

② 술은 술인데 자신을 보호하기 위해 배우는 술은?

③ 술을 마셔야 만나는 동물은?

④ 술 취한 무는?

⑤ 숫자 가운데 1, 5, 0만 쓰는 것은?

⑥ 숫자 열 개로 온갖 사람을 다 불러내는 것은?

⑦ 숲 속에서 삿갓 쓰고 서 있는 것은?

1. 무술 2. 호신술 3. 고래 4. 홍당무 5. 돈 6. 전화기
7. 버섯

① 쉬지 않고 계속 가는 것은?

② 쉴 새 없이 부딪혀도 소리가 안 나는 것은?

③ 슈퍼마켓에서 일하는 사람을 세 글자로 표현하면?

④ 스님들이 걱정하지 않아도 되는 병은?

⑤ 스키는 스키인데 마시는 스키는?

⑥ 슬픔을 모두 받아주는 것은?

⑦ 승은 승인데 숭[僧]이 아닌 것은?

 정답

1. 시간, 세월 2. 눈꺼풀 3. 슈퍼맨 4. 탈모증 5. 위스키
6. 손수건 7. 스승

162

① 시간이 지나면서 눈덩이처럼 커지는 것은?

② 시속 200km로 달려가는 자동차가 도착한 곳은?

③ 시원하지도 않으면서 요란한 것은?

④ 식당에서 키우는 개는?

⑤ 식인종이 거지를 보고 하는 말은?

⑥ 신경통 환자가 가장 싫어하는 악기는?

⑦ 신발 속에 있는 쇠는?

 정답 1. 소문 2. 경찰서 3. 치맛바람 4. 이쑤시개 5. 불량식품
6. 비올라 7. 구두쇠

① 신발 속에서 사는 새는?

② 신으면 빳빳하고 안 신으면 보들거리는 것은?

③ 신은 신인데 못 신는 신은?

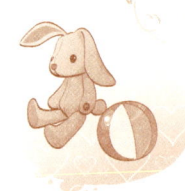

④ 실없는 사람에게 필요 없는 것은?

⑤ 실은 실인데 바늘에 꿸 수 없는 실은?

⑥ 실제 모양은 둥근데 글자는 네모난 것은?

⑦ 실컷 두들겨도 맞은 사람한테 고맙다는 말을 듣는 것은?

164

① 심을 수 없는 씨는?

② 심청이의 생일은 몇 월 며칠일까?

③ 십리 길을 떠났는데 중간에 만나는 동물은?

④ 싸우려면 먼저 뭉쳐야 하는 것은?

⑤ 쌀의 나이는?

⑥ 썰면 썰수록 밥이 많이 나오는 것은?

⑦ 쓰기는 분명히 썼는데 읽을 수 없는 것은?

 정답   1. 아가씨, 아저씨 2. 9월 4일(구사일생) 3. 오리 4. 눈싸움
5. 백 살(백미라고 하니까) 6. 톱밥 7. 모자

1 쓰레기통을 거꾸로 하면?

2 쓰면 쓸수록 작아지는 것은?

3 쓰면 쓸수록 좋아지는 것은?

4 쓸 때는 필요 없는데 안 쓸 때는 필요한 것은?

5 쓸 만한 구석이 없어도 열심히 찾아 쓸 수밖에 없는 사람은?

6 쓸수록 늘어나는 것은?

7 씨앗도 안 뿌렸는데 혼자 나서 자라는 것은?

정답
1. 쓰레기가 쏟아진다 2. 비누 3. 머리 4. 만년필 뚜껑
5. 청소부 6. 빚 7. 머리카락

(1) 아궁이에서 불 때고 굴뚝에서 먹는 것은?

(2) 아기도 아닌데 등에 업혀 학교에 다니는 것은?

(3) 아기를 앞으로만 업고 다니는 것은?

(4) 아기일 때는 울지 못하다가 어른이 되어 우는 것은?

정답   1. 담뱃대   2. 책가방   3. 캥거루   4. 개구리

① 아기 토마토가 커서 되고 싶은 것은?

② 아들은 날아가도 아버지는 날아가지 못하는 것은?

③ 아들은 늙고 아버지는 젊은 것은?

④ 아들이 갓을 쓴 한자는?

⑤ 아래는 하얗고 위는 빨간데 눈물을 줄줄 흘리는 것은?

⑥ 아래로 먹고 위로 나오는 것은?

⑦ 아래로 자라는 것은?

정답

1. 케첩 2. 활과 화살 3. 목화(목화는 푸르고 면화는 하얗기
때문) 4. 글자 자(字) 5. 양초 6. 굴뚝, 대패 7. 고드름

1 아름다운 목소리로 노래하는 꼬리는?

2 '아몬드가 죽다.'를 영어로 하면?

3 아무것도 안 먹어도 뚱뚱해졌다가 다시 홀쭉해
   지는 것은?

4 아무나 보고 웃는 것은?

5 아무도 믿을 수 없다는 사람이 가장 믿는 신은?

6 아무리 가도 못 만나는 것은?

7 아무리 가도 제자리인 것은?

 정답   1. 꾀꼬리 2. 다이아몬드 3. 달 4. 꽃 5. 자기 자신
       6. 평행선 7. 쳇바퀴

① 아무리 급해도 허리에 매고서는 못 쓰는 것은?

② 아무리 끊어도 짧아지지 않는 것은?

③ 아무리 높은 사람이라도 고개 숙여야 하는 사람은?

④ 아무리 높은 사람이라도 모자를 벗어야 하는 곳은?

⑤ 아무리 눕혀 놓아도 일어서는 것은?

⑥ 아무리 늦어도 빠르다고 하는 것은?

⑦ 아무리 더해도 늘어나지 않는 것은?

 정답

1. 바늘 2. 전화 3. 이발사 4. 이발소 5. 오뚝이 6. 죽음
7. 바닷물

170

1 아무리 따라다녀도 방 안까지는 따라가지 못하는 것은?

2 아무리 때려도 멍들지 않는 것은?

3 아무리 뚱뚱한 사람이라도 뼈만 나오는 사진은?

4 아무리 마셔도 배부르지 않은 것은?

5 아무리 많이 실어도 무겁지 않은 것은?

6 아무리 먹고 또 먹어도 배부르지 않은 것은?

7 아무리 멀리 가도 멀어지지 않는 것은?

 정답

1. 신발 2. 다듬잇돌 3. 엑스선 사진 4. 공기 5. 신문기사
6. 나이, 욕 7. 친척

1 아무리 모자라도 버릴 수 없는 사람은?

2 아무리 배고파도 배불러 보이는 것은?

3 아무리 베어도 잘라지지 않는 것은?

4 아무리 비가 와도 젖지 않는 것은?

5 아무리 빨리 달려도 따라오는 것은?

6 아무리 빨리 달려도 앞차를 추월하지 못하는 것은?

7 아무리 빨리 돌아도 그 자리에 있는 것은?

 정답

1. 어머니와 아들 2. 항아리 3. 물, 공기 4. 연기 5. 그림자
6. 기차 7. 물레방아

1 아무리 산수 공부를 해도 1에서 12까지밖에 모르는 것은?

2 아무리 잘 드는 칼로도 자를 수 없는 것은?

3 아무리 정성들여 해도 칭찬받지 못하는 것은?

4 아무리 춥거나 더워도 꾸준히 자라는 것은?

5 아무리 태워도 연기가 안 나는 것은?

6 아무리 하지 않으려 해도 저절로 되는 것은?

 정답 1. 시계 2. 물 3. 나쁜 짓 4. 머리카락 5. 일광욕 6. 잠꼬대

1 아무 죄도 없는데 목에 밧줄을 맨 채 일하는 것은?

2 아무 죄도 없는데 앞뒤 발로 싹싹 비는 것은?

3 아무 죄도 없이 고개 숙이고 있는 것은?

4 아무 탈이 없으면 아무것도 못 하는 사람은?

5 아버지는 청춘이고 아들은 백발인 것은?

6 아버지에게 생일 선물을 받고도 발로 차 버렸다. 왜 그랬을까?

 정답   1. 두레박 2. 파리 3. 콩나물 4. 탈춤 추는 사람 5. 목화
6. 공이었으니까

1 아버지 둘, 아들 둘이면 모두 몇 사람인가?

2 아비 목 베는데 자식이 춤추는 것은?

3 아우는 형 집에 들어가도 형은 아우 집에 들어가지 못하는 것은?

4 아이 때는 희고, 커서는 푸르고, 늙어서는 붉은 것은?

5 아이의 얼굴에는 없고 남자 어른의 얼굴에만 있는 까끌까끌한 것은?

6 아이큐 30이 생각하는 산토끼의 반대말은?

정답

1. 세 사람(할아버지, 아버지, 손자) 2. 나무 베는 것 3. 그릇
4. 고추 5. 수염 6. 끼토산

1 아이큐 60이 생각하는 산토끼의 반대말은?

2 아이큐 80이 생각하는 산토끼의 반대말은?

3 아이큐 100이 생각하는 산토끼의 반대말은?

4 아이큐 150이 생각하는 산토끼의 반대말은?

5 아이큐 200이 생각하는 산토끼의 반대말은?

6 아침마다 절 받는 것은?

7 아침에는 네 발로, 낮에는 두 발로, 저녁에는 세 발로 걷는 것은?

정답

1. 집토끼 2. 죽은 토끼 3. 바다 토끼 4. 판 토끼
5. 알칼리 토끼 6. 세숫대야 7. 사람

① 아침에는 열 냥, 저녁에는 닷 냥은?

② 아침에는 올라가고 저녁이면 내려오는 것은?

③ 아침과 저녁에는 키다리가 되었다가 낮에는 난쟁이가 되는 것은?

④ 아프지 말라고 엉덩이 때리는 사람은?

⑤ 아프지도 않은데 매일 집에서 쓰는 약은?

⑥ '아홉 명의 자식'을 세 자로 줄이면?

 정답

1. 문 2. 이부자리 3. 그림자 4. 간호사 5. 치약 6. 아이구

1 안 먹을 수 없고, 먹어도 배도 안 부르지만 많이 먹으면 죽는 것은?

2 안 먹고 내버리는 50가지 밥은?

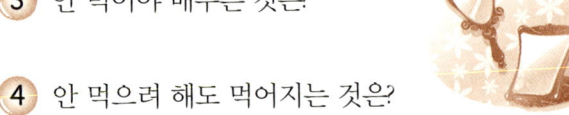

3 안 먹어야 배부른 것은?

4 안 먹으려 해도 먹어지는 것은?

5 안 먹으면 주저앉고 먹으면 벌떡 일어서는 것은?

6 안에 사람이 있으면서도 문을 열어주지 않는 곳은?

정답   1. 나이 2. 쉰밥 3. 쌀자루 4. 나이 5. 자루, 포대 6. 화장실

178

1 안으면 한 아름이요, 쥐면 한 움큼인 것은?

2 앉으면 높아지고 서면 낮아지는 것은?

3 앉힐 수는 있어도 걷지 못하는 것은?

4 알 낳고 우는 것은?

5 알은 알인데 껍데기도 까지 않고 통째로 먹는 알은?

6 알은 알인데 날아가는 알은?

7 알은 알인데 가장 무서운 알은?

 정답
1. 솥뚜껑 2. 천장 3. 의자 4. 닭 5. 밥알 6. 총알 7. 총알

179

1 알은 알인데 덜 되었다고 하는 알은?

2 알이 아닌데도 알이라고 하는 것은?

3 알파벳은 모두 몇 자인가?

4 앞과 뒤가 똑같은 새는?

5 앞산 보고 위아래로 부채질하며 까부는 것은?

6 앞에서 보나 위에서 보나 아래에서 보나 모양이
   똑같은 것은?

7 앞에서는 울고 뒤에서는 춤추는 것은?

 정답   1. 거위 알 2. 밥알 3. 세 자 4. 기러기 5. 키질하는 것
       6. 공 7. 개

180

1 앞으로 가도 앞이요, 뒤로 가도 앞인 것은?

2 앞으로 나아가면 지고, 뒤로 물러서면 이기는 것은?

3 앞으로도 가고 옆으로도 가면서 뒤로는 못 가는 것은?

4 앞으로만 가고 뒤로는 못 가는 것은?

5 앞을 내다볼 수 있는 벌레는?

6 약은 약인데 못 먹는 약은?

정답

1. 기차, 지하철 2. 줄다리기 3. 장기의 졸(卒) 4. 시계
5. 무당벌레 6. 구두약, 화약

1 약은 약인데 아껴야 하는 약은?

2 약을 마시고 쿡 찌르는 것은?

3 양계장을 하다가 망한 사람을 세 글자로 하면?

4 양식 먹으면서 부르는 노래는?

5 양심이 있는 사람이나 없는 사람 모두 시커먼 것은?

6 양초가 가득 차 있는 상자를 세 글자로 줄이면?

7 애태우면 태울수록 좋은 사람은?

정답

1. 절약 2. 주사기 3. 알거지 4. 포크송 5. 그림자
6. 초만원 7. 목마 태워주는 사람

1. 어느 낱말을 서로 뒤집으면 반대의 뜻이 된다. 어떤 단어일까?

2. 어느 쪽으로 가나 한 가지인 것은?

3. 어딘가에서 전화가 왔는데 420이라고 한다. 어디서 왔을까?

4. 어딜 가도 한 냥 반밖에 안 되는 것은?

5. 어떤 장사라도 무릎을 꿇어야만 할 수 있는 경기는?

1 어려서는 까맣고, 젊어서는 빨갛고, 늙어서는 하얗게 되는 것은?

2 어려서는 옷을 입고 자라서는 옷을 벗는 것은?

3 어렵게 지은 절은?

4 어른은 탈 수 없고 아기만 탈 수 있는 차는?

5 어른인데도 침을 흘리며 우는 것은?

6 어린놈이 버릇없이 수염을 기른 것은?

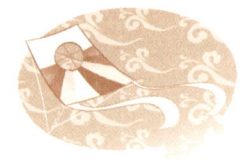

 정답
1. 연탄 2. 누에, 밤송이 3. 우여곡절 4. 유모차 5. 소
6. 염소

184

1 어릴 때는 꼬리로 헤엄치고 커서는 다리로 헤엄치는 것은?

2 어릴 때는 울지 않다가 어른이 되면 시끄럽게 우는 것은?

3 어릴 때는 자라라고 하고 다 컸는데도 자라라고 하는 것은?

4 어부들이 가장 싫어하는 노래는?

5 언제나 같은 길로 다니는 것은?

6 언제나 같은 소리로만 우는 것은?

 정답   1. 개구리 2. 개구리, 매미 3. 자라 4. 바다가 육지라면
5. 기차 6. 전화 벨

1 언제나 말다툼만 하는 곳은?

2 언제나 머리를 풀고 서 있는 것은?

3 언제나 새 옷만 입는 것은?

4 언제나 옆구리가 터져 있는 것은?

5 언제나 우산같이 서 있는 것은?

6 언제나 자지 않고 지켜보기만 하는 사람은?

7 언제나 잠만 자는 여가수의 이름은?

정답

1. 경마장 2. 수양버들 3. 마네킹 4. 지갑 5. 버섯
6. 사진 속의 사람 7. 이미자

1 얻어맞고 비틀리고 하늘에서 춤추는 것은?

2 얼굴 없이 말하는 것은?

3 얼굴 없이 온 세상을 휘젓고 돌아다니는 것은?

4 얼굴에 딱지를 붙이고 여행하는 것은?

5 얼굴 여섯 개에 눈이 스물한 개인 것은?

6 얼굴 하나에 다리 하나인 것은?

7 얼음이 얼어야만 찧을 수 있는 방아는?

정답

1. 빨래 2. 전화 3. 바람 4. 편지 5. 주사위 6. 부채
7. 엉덩방아

1 '얼음이 죽다.' 를 영어로 하면?

2 엄마가 되면 날고 아기일 때는 기는 것은?

3 엄마들에게 매일 찾아오는 거지는?

4 엄마 옆에 있는 고리는?

5 엎어 놓아도 말똥말똥, 바로 놓아도 말똥말똥인 것은?

6 에스키모 인들이 타고 다니는 차의 이름은 영어로 뭘까?

 정답 1. 다이빙 2. 나비 3. 설거지 4. 반짇고리 5. 말똥
6. 알래스카

188

1. 엘리베이터는 어떤 힘으로 움직일까?

2. 여기저기 늘 따라다녀도 방에는 들어오지 못하는 것은?

3. 여러 놈이 한 나무 베개를 나란히 베고 자는 것은?

4. 여름에 생선 장수들이 가장 많이 사냥하는 것은?

5. 여름에는 들어가고 겨울에는 안 들어가는 곳은?

6. 여름에는 초록 옷, 가을에는 빨간 옷을 입었다가 겨울에는 훌훌 벗어버리는 것은?

정답

1. 스위치 2. 신발 3. 서까래 4. 파리 5. 해수욕장 6. 나무

1 여름에는 초록 주머니에 은돈 열 냥, 가을에는 빨간 주머니에 금돈 열 냥을 갖는 것은?

2 여름에도 찬바람이 부는 것은?

3 여름에 먹는 것인데 아무리 먹어도 배부르지 않는 것은?

4 여름이나 겨울이나 다 겨울인 것은?

5 여자가 갓 쓰고 있는 한자는?

6 여자들이 목욕탕에서 가장 무서워하는 것은?

정답 1. 고추 2. 에어컨, 선풍기 3. 더위 4. 냉장고 안
5. 편안할 안(安) 6. 체중계

① 여자들이 항상 다듬는 톱은?

② 역사적으로 가장 소문이 많이 난 장수는?

③ 연기 없는 불은?

④ 연못에 꽃 한 송이 핀 것은?

⑤ 연못 한가운데서 뱀이 혀를 날름거리는 것은?

⑥ 연은 연인데 많은 사람들이 보고 즐기는 연은?

⑦ 연을 띄우면 띄울수록 야위어지는 것은?

정답

1. 손톱 2. 연개소문 3. 반딧불 4. 호롱불 5. 등잔불
6. 공연 7. 얼레

1 열 놈이 잡아당기고 다섯 놈이 들어가는 것은?

2 열 명이 외나무다리를 건너가는 한자는?

3 열 명이 있어도 한 사람이라고 하는 것은?

4 열 번을 하나 백 번을 하나 하나밖에 안 되는 것은?

5 열에서 하나를 먹으면 아홉이 아니라 열하나가 되는 것은?

6 엿장수는 가위 소리를 하루에 몇 번씩 낼까?

정답

---

1. 버선 신는 것 2. 흙 토(土), 선비 사(士) 3. 한의사
4. 한숨 5. 나이 6. 엿장수 마음대로

① 영원히 지지 않고 피어 있는 꽃은?

② 옆으로 들어가고 옆으로 나오는 것은?

③ 옆으로 먹고 옆으로 누는 것은?

④ 예쁜 옷을 입어도 검게만 보이는 것은?

⑤ 예의바른 사람이 사는 동네는?

⑥ 옛날 것인데도 새것이라고 하는 것은?

⑦ 오뉴월에 찬바람이 나는 것은?

 정답   1. 조화   2. 모기장   3. 작두   4. 그림자   5. 인사동   6. 신문
            7. 부채, 선풍기, 에어컨

① 오던 놈인지 가던 놈인지 알 수 없는 것은?

② 오래 된 것일수록 젊은 것은?

③ 오르면 오를수록 나쁜 것은?

④ 오르면 오를수록 좋은 것은?

⑤ 올라가면 내려가고 내려가면 올라가는 것은?

⑥ 오른손으로는 절대 잡아서 들 수 없는 것은?

⑦ 오른쪽 눈으로 보면 왼쪽에 있고, 왼쪽 눈으로 보면 오른쪽에 있는 것은?

정답

1. 게 2. 사진 3. 물가 4. 월급 5. 시소 6. 오른손
7. 자기 코

1. 오리는 오리인데 날지도 못하면서 행패만 부리는 오리는?

2. 오리는 오리인데 뱅뱅 돌아가는 오리는?

3. 오리의 방석은?

4. 오막살이에 백발노인이 들락거리는 것은?

5. 오이의 원래 나이는 몇 살일까?

6. 오줌을 자주 싸면 오줌싸개, 오줌을 빨리 싸면?

정답

1. 탐관오리 2. 회오리 3. 물 4. 코 5. 52살 6. 잽싸게

1 오지 말라고 해도 오고, 가지 말라고 해도 가는 것은?

2 온몸이 뼛속에 들어 있는 것은?

3 온통 문제인 것은?

4 올 때나 갈 때나 항상 말과 행동이 같은 사람은?

5 올라가면 내려오고 내려가면 올라오는 것은?

6 올라가면 닫히고 내려오면 열리는 것은?

7 올라가면 하나가 되고 내려오면 둘이 되는 것은?

정답

1. 세월 2. 달걀 3. 시험 문제지 4. 경마 기수 5. 시소
6. 지퍼 7. 지퍼

196

① 올라가면 싫어하고 내려오면 좋아하는 것은?

② 올라갈 때는 급행, 내려올 때는 완행인 것은?

③ 옮길수록 자꾸 커지는 것은?

④ 옷 벗기고 털 뽑고 살은 먹고 뼈는 버리는 것은?

⑤ 옷에 걸고 다니는 빵은?

⑥ 옷을 가장 많이 맞춰 입는 나라는?

⑦ 옷을 벗고서 하는 욕은?

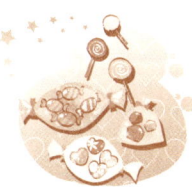

 정답

1. 물가 2. 콧물 3. 소문 4. 옥수수 5. 멜빵 6. 가봉
7. 목욕, 일광욕

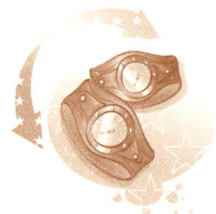

① 왕이 넘어지면 뭐가 될까?

② 왕이 타고 다니는 차는?

③ 외국 나가는 사람들이 찾는 나무는?

④ 외나무다리 끝에 솔밭이 있는 것은?

⑤ 외출할 때는 발가벗고 있다가 들어오면 옷을 입는 것은?

⑥ 외출할 때 제일 높은 자리를 차지하는 것은?

⑦ 요나라는 누구에게 정복되는가?

정답   1. 킹콩   2. 킹카   3. 비자나무   4. 칫솔   5. 옷걸이   6. 모자
         7. 이불

1. 우리나라에서 가장 높은 정거장은?

2. 우리 집에서 나를 왕이라고 부르는 것은?

3. 우리가 잠잘 때 늘 곁에 있는 개는?

4. 우리나라 대학생을 가장 많이 울린 탄은?

5. 우리나라 최초의 다이빙 선수는?

6. 우리나라 최초의 돌팔이 의사는?

7. 우리나라에서 가장 큰 모자를 쓰는 사람은?

 정답

1. 서울역(어디서나 올라간다고 하니까) 2. 개 3. 베개
4. 최루탄 5. 심청이 6. 흥부 7. 머리가 가장 큰 사람

① 우리나라에서 도를 통한 스님이 가장 많은 절은?

② '우리에게 내일은 없다!' 는 말은 누가 했을까?

③ 우물 안에 든 흰 돌은?

④ 우습게 봐줄수록 좋아하는 사람은?

⑤ 우주에 있는 등불 두 개는?

⑥ 운동선수가 가장 싫어하는 책은?

⑦ 운동화 때문에 인간이 자신을 버렸다고 믿는 벌레는?

정답

1. 통도사 2. 하루살이 3. 이(치아) 4. 코미디언, 개그맨
5. 해와 달 6. 실책 7. 짚신벌레

1 운전자들이 꼭 배워야 하는 춤은?

2 움직이는 집은?

3 울고 있는데 노래한다고 하는 것은?

4 울다가 다시 웃는 사람을 다섯 자로 줄이면?

5 울어도 눈물이 없고 웃어도 웃음이 없는 것은?

6 울어도 흉내 내고 웃어도 흉내 내는 것은?

7 울타리 아래 아이 업고 서 있는 것은?

 정답
1. 우선멈춤 2. 가마 3. 매미 4. 아까 운 사람 5. 물고기
6. 거울 7. 옥수수

1 웃고 들어가 울고 나오는 것은?

2 웃다가 아들 삼형제를 잃어버린 것은?

3 웃으면 이가 빠져버리는 것은?

4 위로 내려가는 것은?

5 위로 먹고 위로 나오는 것은?

6 위로 먹고 옆으로 싸는 것은?

7 위로 먹고 위로 싸는 것은?

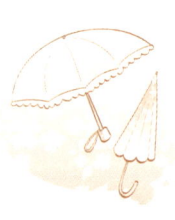

 정답
1. 두레박 2. 밤송이 3. 석류 4. 먹은 음식 5. 병, 항아리
6. 주전자 7. 자루, 독

1 위로 올라가면 하나가 되고, 아래로 내려가면 둘이 되는 것은?

2 위에서 아래로만 내려올 수 있는 산은?

3 위에서는 수학 공부하는데, 밑에서는 그네 타고 노는 것은?

4 위에서는 쓸모없고 밑에서만 사용하는 것은?

5 윗니보다 아랫니가 많은 것은?

6 윗마을과 아랫마을이 힘을 합해야 일할 수 있는 것은?

 정답 1. 지퍼 2. 낙하산 3. 괘종시계 4. 책받침 5. 피아노 6. 이

203

1 윗사람에게 아부 잘하는 사람이 믿는 신은?

2 음매음매 우는 나무는?

3 이 가운데 가장 나중에 나는 이는?

4 이곳에 있을 때는 시간이 돈이다. 어디일까?

5 이는 이인데 아이들이 좋아하는 이는?

6 이름을 바로 읽거나 거꾸로 읽거나 똑같은 열매는?

7 이메일 주소에 꼭 끼는 생물은?

정답

1. 굽신굽신 2. 소나무 3. 틀니 4. 택시 5. 떡볶이
6. 토마토 7. 골뱅이

1 이분의 일(1/2)했다는 것은 무슨 뜻일까?

2 이 산에서 소리치면 저 산에서 흉내 내는 것은?

3 이 산 저 산을 빨간 혀로 핥아가는 것은?

4 이상한 사람이 가는 병원은?

5 이 세상에 태어날 때 모두 쌍둥이인 것은?

6 이 세상에서 가장 맛있는 음식은?

7 이 세상에서 가장 어려운 두 마디 말은?

정답
1. 반했다 2. 메아리 3. 산불 4. 치과 5. 젓가락
6. 배고플 때 먹는 음식 7. '예'와 '아니오'(모든 일은 이 두
마디로 되기도 하고 안 되기도 하니까)

1 이 세상에서 가장 좋은 통은?

2 이 세상에서 가장 힘든 일은?

3 이상한 사람들이 모이는 곳은?

4 이 세상이 흔들리면 어디로 가야 하나?

5 28일이 있는 달은?

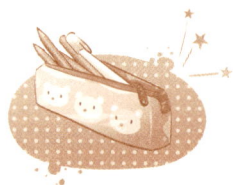

6 이해하면 찧는 절구는?

7 익을수록 고개를 숙이는 것은?

정답

1. 운수대통 2. 칼로 물 베기 3. 치과 4. 치과
5. 달마다 있다 6. 턱 7. 벼

206

1 익지 않아도 단 것은?

2 일 년에 특별한 날에만 머리를 깎는 것은?

3 일 년에 한 번밖에 먹을 수 없는 것은?

4 일 년 중 밤이 가장 긴 날은?

5 일 년 중에서 가장 밥을 조금 먹는 달은?

6 일단은 외울 필요가 없는 것은?

7 일 더하기 일은?

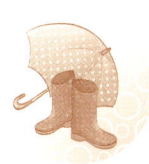

 정답

1. 잠(달게 잤다고 하니까) 2. 무덤 3. 나이
4. 늦게까지 잔 날 5. 2월 6. 구구단 7. 중노동

1 1+1=1이 되는 것은?

2 1+8=6이 왜 맞을까?

3 일어났을 때는 안 보이고 앉았을 때만 보이는 것은?

4 1에서 40까지 4가 몇 번 들어있나?

5 1에서 1을 빼면 2가 되는 것은?

6 일을 많이 할수록 키가 작아지는 것은?

7 일주일에 한 번씩 빨간 옷 입고 노는 것은?

정답

1. 물방울 2. 거꾸로 보았으니까 3. 발바닥 4. 다섯 번
5. 칼집과 칼 6. 연필, 양초 7. 일요일

① 일할 때 드러눕는 것은?

② 일할 때마다 검은 물에 목욕하는 것은?

③ 읽을 수 없는 책은?

④ 임꺽정이 타고 다니는 차는?

⑤ 임산부가 걱정하는 산은?

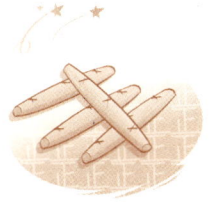

⑥ 입는 고리는?

⑦ 입만 벌렸다 닫았다 하는데도 일이 되는 것은?

 정답   1. 홍두깨   2. 붓   3. 주책, 속수무책   4. 으라차차차   5. 유산
6. 저고리   7. 가위

1 입 속에 열 놈이 들어앉은 한자는?

2 입 속에 작은 입이 또 하나 들어 있는 한자는?

3 입으로는 공기만 먹고 엉덩이로 노래 부르는 것은?

4 입으로 만든 떡은?

5 입으로 먹지 않고 귀로 먹는 것은?

6 입이 넷 달린 개가 있는 한자는?

7 잎 끝에 꽃이 피는 것은?

정답

1. 밭 전(田) 2. 돌아올 회(回) 3. 나팔
4. 쑥떡(쑥덕거린다고 하니까) 5. 욕 6. 그릇 기(器) 7. 파

① 자기가 말하고도 모르는 것은?

② 자기 것이지만 남을 위해 만드는 것은?

③ 자기 나라도 없으면서 임금인 것은?

④ 자기가 먹기는 싫지만 남에게 먹이기는 좋은 탕은?

정답   1. 잠꼬대 2. 명함 3. 트럼프의 킹 4. 골탕

211

1 자기가 자기 몸을 먹고 다 먹으면 죽는 것은?

2 자기는 먹지 못하고 다른 사람만 열심히 먹이는 것은?

3 자기를 나타내는 것인데 자신은 볼 수 없는 것은?

4 자기 얼굴을 더럽히면서 남의 얼굴을 깨끗이 해 주는 것은?

5 자기 일을 하느라고 남을 두들기는 것은?

6 자기 전에 꼭 해야 하는 것은?

 정답

1. 양초 2. 숟가락, 포크 3. 얼굴 4. 걸레 5. 방망이
6. 눈을 감는 것

212

1 자기 집에서는 절대 먹을 수 없는 점심은?

2 자기 집을 등에 지고 이사하는 것은?

3 자기가 할 일 하느라고 남을 두들기는 것은?

4 자기 혼자만 갈 수 있는 나라는?

5 자녀들이 기대하는 산은?

6 자는 자인데 공부하는 자는?

7 자는 자인데 먹는 자는?

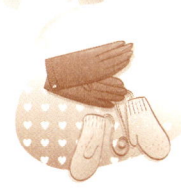

 정답   1. 급식 2. 달팽이 3. 방망이, 망치 4. 꿈나라 5. 유산(遺産)
6. 학자 7. 과자

1 자는 자인데 나무에 열리는 자는?

2 자는 자인데 병원에서 많이 만나는 자는?

3 자는 자인데 볼 수 있는 자는?

4 자랄수록 점점 작아지는 것은?

5 자루는 자루인데 담을 수 없는 자루는?

6 자리는 자리인데 깔지 못하는 자리는?

7 자신은 걷지도 못하면서 남을 멀리 날려 보내는 것은?

정답

1. 탱자 2. 환자 3. 눈동자 4. 어릴 때의 옷 5. 빗자루
6. 꿈자리 7. 활

214

1 자신이 가수 '비'라고 우기는 곤충은?

2 자신이 오래 살았다고 착각하는 벌레는?

3 자신이 인간을 가두었다고 주장하는 곤충은?

4 작아도 크다고 하는 나무는?

5 작은 것은 못 들어가도 큰 것은 들어가는 것은?

6 작은 것은 잘 보이는데 큰 것은 보이지 않는 것은?

7 작은 녀석 둘이 큰 녀석을 때리는 것은?

 정답

1. 나비 2. 장수벌레 3. 모기(모기장 안에서 잠을 자니까)
4. 대나무 5. 모기장 6. 현미경 7. 다듬이질

1. 잘 때나 깨어 있을 때나 항상 해야 하는 것은?

2. 잘 때도 눈을 뜨고 자는 것은?

3. 잘못될 때마다 와서 온몸으로 문지르는 것은?

4. 잘못하지도 않았는데 항상 발에 차이는 것은?

5. 잘못한 사람만 들어가는 문은?

6. 잘못했을 때 먹는 과일은?

7. 잘 터질수록 좋은 것은?

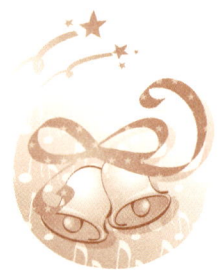

 정답

1. 숨쉬기 2. 물고기 3. 지우개 4. 축구공 5. 반성문
6. 사과 7. 휴대폰

1 장례 행렬을 보고 지나가던 사람이 상주에게 물었다. 삼형제의 어머니가 돌아가신 날은 과연 몇월 며칠일까?

"누가 돌아가셨습니까?"

"어머님이 돌아가셨습니다."

"언제 돌아가셨습니까?"

지나가던 사람의 물음에 삼형제가 차례로 대답했다.

"작년에 돌아가셨습니다."

"지난달에 돌아가셨습니다."

"어저께 돌아가셨습니다."

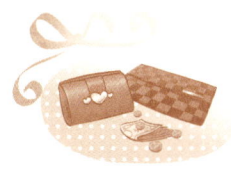

 정답   1. 12월 31일

① 잡아당길수록 올라가는 것은?

② 잡아도 잡아도 잡히지 않는 것은?

③ 장과 장이 마주 보고 있는 것은?

④ 장님과 귀머거리가 싸우면 누가 이길까?

⑤ 재수 없을 때 받는 수술은?

⑥ 잴 수는 없지만 뜰 수는 있는 자는?

⑦ 저녁에는 시루떡이 되었다가 아침에는 인절미가 되는 것은?

 정답

1. 게양대의 국기 2. 세월, 그림자 3. 구들장과 천장
4. 장님(보이는 게 없으니까) 5. 재수술 6. 국자 7. 이불

① 저축을 많이 하는 사람들이 심는 나무는?

② 전기는 전기인데 감전이 안 되는 전기는?

③ 전깃불은 왜 밝을까?

④ 전 세계 어디를 가도 똑같이 4개가 되는 것은?

⑤ 전쟁 중에 적에게 꼭 받고 싶은 복은?

⑥ 절대 앞으로 갈 수 없으면서 사람들을 태우는 것은?

⑦ 절은 절인데 뒤로 하는 절은?

 정답

1. 은행나무 2. 무전기 3. 불이 들어오니까 4. 동서남북
5. 항복 6. 엘리베이터 7. 기절

1 젊어서는 까맣고 늙어서는 하얀 것은?

2 젊어서는 약하나 늙을수록 강해지는 것은?

3 젊어서는 초록 옷을, 늙어서는 빨간 옷을 입는 것은?

4 젊어서는 초록 옷을, 늙어서는 삼베옷을 입는 것은?

5 젊어서는 흰 머리였다가 늙어갈수록 검은 머리가 되는 것은?

6 젖소와 강아지가 싸우면 누가 이길까?

정답

1. 머리털, 수염 2. 대나무 3. 고추, 대추, 감 4. 오이 5. 붓
6. 강아지(젖소 → 졌소)

① 젖은 옷은 입고, 마른 옷은 벗는 것은?

② 젖히면 보름이요, 엎으면 그믐인 것은?

③ 제 꽁무니를 보여야 이기는 것은?

④ 제비가 헌 옷을 입고 절로 가는 것은?

⑤ 제아무리 천하장사라도 졸릴 때는 들지 못하는 것은?

⑥ 제자리에 있으면서도 늘 간다고 하는 것은?

⑦ 조그만 집 안에 많은 식구가 나란히 자는 것은?

 정답 ─────────────────── 1. 빨랫줄 2. 거울(젖히면 환하게 보이고 엎어 놓으면 아무것
도 안 보이니까) 3. 달리기 4. 제헌절 5. 눈꺼풀 6. 가지
7. 성냥갑

① 종잇조각 하나가 온 세상을 떠돌아다니는 것은?

② 종이 한 장에 집도 싣고 직장도 싣고 전화까지 싣고 다니는 것은?

③ 종일 가도 두 발밖에 못 가는 것은?

④ 주름살이 빙글빙글 돌아가면 노래가 나오는 것은?

⑤ 주름진 몸을 오므렸다 폈다하며 노래 부르는 것은?

⑥ 주머니는 주머니인데 넣을 수 없는 주머니는?

정답

1. 돈 2. 명함 3. 발자국 4. 레코드 5. 아코디언 6. 아주머니

1　주머니는 주머니인데 살아서 걸어 다니는 주머니는?

2　주인을 내쫓고 도둑을 지키는 것은?

3　죽기 전에는 계속 가야 하는 것은?

4　죽어가면서도 소리 없이 춤추는 것은?

5　죽은 나무가 산 짐승을 따라가는 것은?

6　죽은 죽인데 못 먹는 죽은?

7　죽을 때 자기 이름을 부르면서 죽는 것은?

 정답

1. 아주머니 2. 자물쇠 3. 시계 4. 촛불 5. 쟁기
6. 뒤죽박죽 7. 닥나무(불에 탈 때 '딱딱' 소리를 내니까)

1 줄 치고 있어야 먹고사는 것은?

2 쥐 네 마리가 모여 있는 것을 뭐라고 할까?

3 쥐는 쥐인데 컴퓨터에 사는 쥐는?

4 쥐는 쥐인데 날아다니는 쥐는?

5 지렁이도 밟으면 꿈틀거린다고 하는데, 왜 그럴까?

6 지붕 위에서 커다란 담배를 피우는 것은?

7 지팡이가 삿갓 쓴 것은?

 정답
1. 거미 2. 쥐포 3. 마우스 4. 박쥐 5. 아파서 6. 굴뚝
7. 우산

1 진짜로 무게를 잡아야 하는 사람은?

2 진짜 살맛난다고 하는 사람은?

3 짐을 지면 가고, 안 지면 안 가는 것은?

4 집 안에 또 집을 짓는 것은?

5 집은 집인데 돈으로 살 수 없는 집은?

6 집이 일곱 채 있는데, 도둑이 가장 잘 드는 집은 어느 집일까?

7 집집마다 키우는 소는?

정답   1. 역도 선수 2. 식인종 3. 신발 4. 제비 5. 고집, 물집
6. 금집 7. 변소

ㅊ

1. 차가우면 일을 못 하고, 뜨거우면 일을 잘 하는 것은?

2. 차는 없고 걸어 다니는 사람만 있는 나라는?

3. 차 위에 모자 쓴 것은?

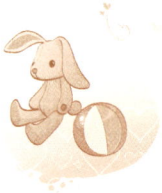

4. 차는 차인데 못 먹는 차는?

정답

1. 다리미 2. 인도 3. 택시 4. 자동차, 기차

① 차는 차인데 못 타는 차는?

② 착각(찰칵)하며 돈을 버는 사람은?

③ 참기름과 들기름을 섞어 놓으면?

④ 창은 창인데 못 찌르는 창은?

⑤ 창은 창인데 밖을 볼 수 없는 창은?

⑥ 책은 책인데 글씨가 없는 책은?

⑦ 책은 책인데 읽을 수 없는 책은?

 정답

1. 마시는 차 2. 사진사 3. 엄마한테 혼난다 4. 시궁창
5. 인터넷 검색창 6. 새 공책 7. 속수무책

1. 채소밭에 아이 업고 서 있는 것은?

2. 처녀들에게 시집을 구해 주는 사람은?

3. 처는 처인데 남편이 없는 처는?

4. 처음엔 검은 옷, 다음엔 붉은 옷, 나중엔 흰 옷 입는 것은?

5. 천자문의 첫 글자와 둘째 글자의 차이는?

6. 천지 만물을 모두 덮는 것은?

7. '천하에 재수 없는 녀석'을 두 글자로 줄이면?

 정답

1. 옥수숫대 2. 서점주인 3. 부처 4. 연탄, 석탄
5. 천지(天地) 차이 6. 눈꺼풀 7. 천재

① 철도는 있는데 기차가 못 다니는 것은?

② 청소를 할수록 작아지는 것은?

③ 쳐야지 기쁜 것은?

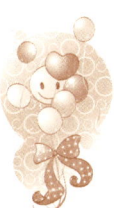

④ 초는 초인데 못 켜는 초는?

⑤ 초록색 집에 빨간 방을 꾸며 놓고 까만 녀석들
이 모여 사는 것은?

⑥ 총을 쏠 때 왜 눈을 한쪽만 감을까?

⑦ 추우면 늘어나고 더우면 줄어드는 것은?

 정답   1. 지도 2. 지우개 3. 손뼉 4. 식초, 왕초, 해초 5. 수박
6. 양쪽 다 감으면 안 보이니까 7. 밤

1. 추우면 벗고 더우면 입는 것은?

2. 추울 때 사람들이 좋아하는 끈은?

3. 추울수록 두꺼워지는 것은?

4. 축구 선수들의 웃음소리는 어떤 소리일까?

5. 치고도 못 쳤다고 하는 것은?

6. 치면 우는 것은?

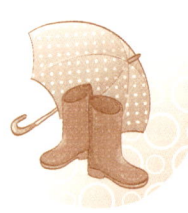

7. 치면 칠수록 오래 사는 것은?

정답

1. 나무 2. 따끈따끈 3. 옷 4. 킥킥킥 5. 못박기 6. 종
7. 팽이

230

1 치질은 치질인데 누구나 다 걸리는 치질은?

2 침은 침인데 머리에 놓고 자는 침은?

3 침 중에서 가장 힘센 침은?

4 침침한 수풀 속에 길 하나 나 있는 것은?

 정답   1. 양치질   2. 목침   3. 피뢰침   4. 가르마

ㅋ

1. 칼로 베면 벤 사람의 눈에 눈물 나게 하는 것은?

2. 칼로 아무리 두들겨도 가만히 있는 것은?

3. 칼 위에 신는 구두는?

4. 칼은 칼인데 수박을 자를 수 없는 칼은?

정답   1. 양파 2. 도마 3. 스케이트 4. 머리칼(머리카락)

① 캄캄할수록 더 잘 보이는 것은?

② 커다란 구렁이가 담배를 피우며 달려가는 것은?

③ 커질수록 값이 떨어지는 것은?

④ 코는 코인데 냄새를 못 맡는 코는?

⑤ 코로 만든 옷은?

⑥ 코를 가장 잘 푸는 러시아 사람은?

⑦ 코미디언들이 잘 걸리는 병은?

 정답

1. 영화, 별 2. 기차 3. 물건의 흠 4. 그물코, 바늘코
5. 뜨개질 옷 6. 차이코프스키 7. 요절복통

① 콩나물이 먹는 밥은?

② 콩은 콩인데 못 먹는 콩은?

③ 콩 중에서 가장 큰 콩은?

④ 크면 클수록 땅과 가까워지는 것은?

⑤ 큰 물고기는 들어가도 작은 물고기는 못 들어가는 것은?

⑥ 큰 바위에 구멍 두 개 뚫린 것은?

⑦ 큰 방을 빈틈없이 채우는 것은?

 정답

1. 물 2. 홍콩, 베트콩 3. 홍콩 4. 고드름 5. 그물 6. 코
7. 공기

E

① 타면 탈수록 더 떨리는 것은?

② 타야 가는 것은?

③ 타야 보이는 것은?

④ 타이슨의 핵주먹을 이길 수 있는 방법은?

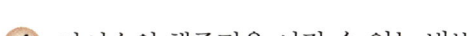

 정답   1. 추위 2. 신발 3. 연기 4. 보(가위바위보의 보)

1 탈것은 탈것인데 위아래로만 다니는 것은?

2 탈수록 많아지는 것은?

3 탈 수 없는 가마는?

4 탈은 탈인데 얼굴에 쓸 수 없는 탈은?

5 탕탕 두들기면 일어나는 것은?

6 태어나서 죽을 때까지 산수 공부만 하는 것은?

7 태어나서 죽을 때까지 눈물만 흘리는 것은?

정답

1. 엘리베이터   2. 재   3. 쌀가마   4. 배탈   5. 먼지   6. 시계
7. 촛불

1. 털과 털, 살과 살이 닿으면 천지가 어두워지는 것은?

2. 톱은 톱인데 썰지 못하는 톱은?

3. 터지면 터질수록 나쁜 것은?

4. 터지면 터질수록 좋은 것은?

5. 턱은 턱인데 움직이지 않는 턱은?

6. 털 하나로 통신도 되고 인터넷도 되는 것은?

7. 통 속에서 나오자마자 뺨맞고 죽는 것은?

정답

1. 눈 2. 손톱, 발톱 3. 사고, 전쟁 등 4. 복 5. 문턱
6. 디지털 7. 성냥

1 통은 통인데 담지 못하는 통은?

2 통은 통인데 살찐 통은?

3 '투명한 집'을 영어로 하면 무엇일까?

 정답   1. 심통   2. 오동통   3. 비닐하우스

1 파는 파인데 못 먹는 파는?

2 파란 집에 살다가 노란 집이 되면 뛰쳐나오는 것은?

3 파란 풀밭에 까만 콩을 뿌리며 가는 것은?

4 파리는 파리인데 날지 못하는 파리는?

 정답 1. 전파, 노파 2. 콩 3. 염소 4. 해파리

① 파리들이 앉기를 가장 무서워하는 곳은?

② 파리와 모기가 있어야 먹고 사는 사람은?

③ 파리 중에 가장 큰 파리는?

④ 파리 중에 무거운 파리는?

⑤ 팔다리 없이 몸통에 모자 하나 달랑 쓴 것은?

⑥ 팔은 팔인데 구멍 뚫린 팔은?

⑦ 팔은 팔인데 소리 내는 팔은?

 정답
1. 대머리 2. 파리 · 모기약 장수 3. 프랑스 파리
4. 돌팔이(돌파리) 5. 도토리 6. 나팔 7. 나팔

① 팔을 반으로 나누면 무엇이 되나?

② 패 중에서 가장 값진 패는?

③ 패 중에서 못된 패는?

④ 팽이는 팽이인데 때리면 죽는 팽이는?

⑤ 페인트칠하다 엎질러서 페인트를 뒤집어쓴 사람은?

⑥ 펩시맨이 항상 데리고 다니는 개는?

⑦ 펭귄이 다니는 고등학교는?

 정답
1. 숫자 0 2. 마패 3. 깡패 4. 달팽이 5. 칠칠맞은 사람
6. 병따개 7. 냉장고

① 펴면 집이 되고 접으면 지팡이가 되는 것은?

② 편은 편인데 먹지 못하는 편은?

③ 평생 꾸어주기만 하고 돌려받지는 못하는 것은?

④ 평생 동안 커다란 산봉우리를 등에 짊어지고 사는 것은?

⑤ 포는 포인데 겁쟁이들만 쏘는 포는?

⑥ 포 중에 쏘지 못하는 포는?

⑦ 폭력배가 가장 많을 것 같은 나라는?

 정답

1. 우산 2. 남편 3. 방귀 4. 낙타 5. 공포 6. 쥐포 7. 칠레

① 풀리면 풀릴수록 좋은 것은?

② 풀 수는 있는데 감을 수는 없는 것은?

③ 풀 중에서 가장 좋은 풀은?

④ 프랑스에 단 두 대밖에 없는 사형기구는?

⑤ 프랑스에도 있고 한국에도 있고 세계 모든 나라에 있는 것은?

⑥ 피곤해야 만들 수 있는 반찬은?

⑦ 피는 피인데 입고 다니는 피는?

 정답   1. 피로 2. 콧물 3. 원더풀 4. 단두대 5. 파리 6. 파김치
7. 모피

① 하고도 모르는 것은?

② 하나님과 부처님이 가장 싫어하는 비는?

③ 하나로 수만 가지 소리를 내는 것은?

④ 하나로 200이 되는 것은?

정답

1. 잠꼬대 2. 사이비 3. 라디오 4. 배꼽(백의 곱은 200이니까)

244

1 하나로는 잡을 수 없고 두 개로 잡아야 하는 것은?

2 하나에 달이 열둘 있는 것은?

3 하늘과 땅, 바다에 있는 세 가지 물은?

4 하늘과 땅 사이에서 줄다리기하는 것은?

5 하늘 보고 손가락질하는 것은?

6 하늘 보고 웃는 것은?

7 하늘 보고 입 벌린 것은?

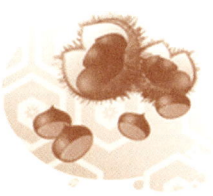

 정답

1. 젓가락 2. 달력 3. 하늘 - 동물, 땅 - 식물, 바다 - 해물
4. 연 5. 파 6. 알밤 떨어지는 것 7. 절구

1 하늘보다 더 높은 한자어는?

2 하늘에 그림 그리는 것은?

3 하늘에 뜬 달과 물에 비친 달 중 더 큰 것은?

4 하늘에서 내려오는 박은?

5 하늘에서 떨어지는 똥은?

6 하늘에서 사는 세 마리의 개는?

7 하늘에서 소리 없이 흘러 다니는 것은?

정답

1. 지아비 부(夫) 2. 구름 3. 물에 비친 달(퉁퉁 불어서)
4. 우박 5. 별똥, 새똥 6. 안개, 번개, 무지개 7. 구름

1 하늘에서 연기 없이 불타는 것은?

2 하늘을 마구 날아다니는 개는?

3 하늘을 향해 방귀 뀌는 것은?

4 하루만 지나면 헌것이 되는 것은?

5 하루 세 번 목욕하는 것은?

6 하루에 1원씩 곗돈을 부었는데 1년이 되면 1억이 되는 계는?

7 하루에 한 번씩 옷 벗는 것은?

 정답

1. 저녁 노을 2. 날개 3. 굴뚝 4. 신문 5. 밥그릇
6. 황당무계 7. 일력

1 하루에도 수없이 입을 맞추는 것은?

2 하루 종일 수영해도 춥지 않은 것은?

3 하면 할수록 깊어지고 끝이 없는 것은?

4 하면 할수록 늘어나는 것은?

5 하얀 방에 백 서방, 황 서방이 사이좋게 사는 것은?

6 학교 갈 때마다 멀어지는 것은?

7 학생들이 가장 싫어하는 학은?

 정답   1. 숟가락 2. 물고기 3. 공부 4. 저금 5. 달걀 6. 집 7. 수학

1. 학생들이 즐겨 쓰는 카드는?

2. 학은 학인데 날지 못하는 학은?

3. 한 날에 같이 나왔는데도 크기가 각각 다른 것은?

4. 한 발은 붙이고 한 발만 움직이는 것은?

5. 한 사람으로도 만원인 방은?

6. 하얀 구름이 나무젓가락에 살짝 걸린 것은?

7. 한 발로 서서 줄다리기하고 있는 것은?

 정답
1. 학생증 2. 문학, 수학, 과학 3. 손가락, 발가락 4. 컴퍼스
5. 화장실 6. 솜사탕 7. 전봇대

1 한 방에 네 사람과 한 사람이 따로 있는 것은?

2 한 번 먹고 입을 봉하는 것은?

3 한 번도 새 옷을 입어보지 못하는 것은?

4 한 사람이 두 대를 타고 달릴 수 있는 차는?

5 한 손으로 달리는 차를 세우는 사람은?

6 한 시간에 겨우 한 발씩만 가는 느림보는?

7 한 시간 정도 땅을 파면 과연 무엇이 나올까?

 정답

1. 벙어리장갑 2. 편지봉투 3. 허수아비 4. 인라인 스케이트
5. 교통경찰 6. 시계의 짧은 바늘 7. 땀

1 한 입은 온전하고 네 입은 허한 것은?

2 한쪽 손에만 큰 가죽 장갑을 껴야 하는 사람은?

3 한쪽으로 보면 크게 보이고, 다른 쪽으로 보면 작게 보이는 것은?

4 한 형제인데 맞으면 서로 다른 소리를 내는 것은?

5 할 때는 올라가고 안 할 때는 내려오는 것은?

6 '할아버지는 발이 크다.'를 네 글자로 줄이면?

7 함은 함인데 아무것도 넣을 수 없는 함은?

정답
1. 우물 정(井) 2. 야구선수 3. 망원경 4. 실로폰
5. 무대의 막 6. 노발대발 7. 명함

1 함 중에서 가장 작은 함은?

2 항상 머리에 줄을 매고 서 있는 것은?

3 항상 신제품만을 만드는 공장은?

4 항상 아래로 내려가는데 위로 간다고 말하는 것은?

5 항문으로 먹고사는 것은?

6 향기 없는 꽃은?

7 해가 있으면 어디든 따라가는 것은?

정답
1. 명함 2. 전봇대 3. 신발 공장 4. 음식물 5. 거미
6. 불꽃 7. 그림자

1 해가 지면 피고, 해가 뜨면 지는 꽃은?

2 해의 오빠는 누구인가?

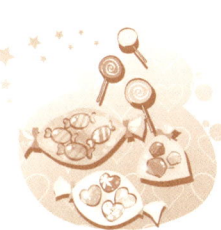

3 해골들이 자는 방은?

4 해만 보면 우는 것은?

5 해와 달이 한꺼번에 나오는 한자는?

6 해장국을 끓일 때 꼭 필요해서 찾는 거지는?

7 햇볕에 못 견디는 사람은?

정답   1. 달맞이꽃   2. 해오라비   3. 골방   4. 얼음   5. 밝을 명(明)
6. 우거지   7. 눈사람

1 허수아비의 아들 이름은 뭘까?

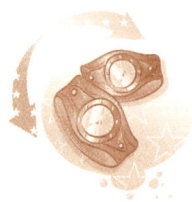

2 헌병은 누가 잡아갈까?

3 현역 군인이 가장 좋아하는 대학은?

4 형은 빨간 옷 입고 동생은 초록 옷 입는 것은?

5 형이 셋, 아우가 셋이면 몇 형제인가?

6 형이 열두 걸음 걸어갈 때 동생은 한 걸음밖에 못 가는 것은?

7 형제들이 한 옷 지어 입고 정답게 사는 것은?

정답

1. 허수 2. 엿장수 3. 제대 4. 고추 5. 4형제 6. 시계바늘
7. 밤송이

1 형 중에서 가장 무서운 형은?

2 호랑이를 사냥하기에 좋은 짐승은?

3 호주의 떡은?

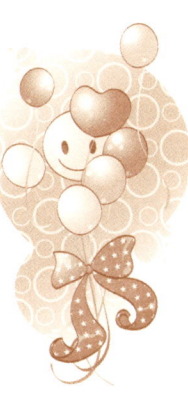

4 호주의 돈은?

5 호주의 술은?

6 화장실에서 사는 새는?

7 화장실에 살고 있는 용은?

정답   1. 사형   2. 하룻강아지   3. 호떡   4. 호주머니   5. 호주
6. 똥냄새   7. 신사용, 숙녀용

1 활을 잘 쏘는 사람이 잘 먹는 약은?

2 '훔치다.'의 과거형은 '훔쳤다.'이다. 그렇다면 미래형은?

3 흰 방 안에 문도 없이 도배하고 잠자는 것은?

4 흰 영감이 땀을 뻘뻘 흘리며 상투 태우는 것은?

5 흰 옷으로 온 몸을 치장하고 끓는 기름에 뛰어드는 것은?

6 흰 옷을 입어도 빨간 옷을 입어도 검정 물이 드는 것은?

 정답   1. 활명수 2. 교도소 3. 누에고치 4. 촛불 5. 튀김 6. 그림자

256